Publicado por: Vivanco Producciones SPA
Los Azahares 2860
Providencia, Santiago, Chile
www.agenciavopir.com
www.dvy.cl

Edición y diagramación: Daniel Vivanco Yudin

Diseño de portada e ilustraciones: Sebastián Amenábar

ISBN DIGITAL: 978-956-401-890-4
ISBN PAPEL: 978-956-401-896-6

DANIEL VIVANCO YUDIN

RELATOS DEL OLVIDO

La bestia azul y otros cuentos

Para mis hijos Gabriel e Inti

ÍNDICE

BAJO LA LUZ DE UNA AMPOLLETA

1

—¿Solo tres? —dijo el oso García, sobando su espesa barba y esperando que por un acto de gracia divina el mensaje recibido cambiara y pudiesen ir los cuatro.

—Solo tres... —respondió el sapo Carrasco y se sacó un sucio jockey que dejó sobre la mesa.

Los cuatro ancianos bajaron la cabeza en silencio pensando en que había llegado la hora de separarse luego de diez años de amena camaradería. El sapo Carrasco pasó la mano por su amplia calva simulando peinar cabellos que hace muchos años habían dejado de existir y, reflexivo, repitió en voz baja "solo tres...".

Una polilla solitaria llegó volando en búsqueda de luz y comenzó a golpear insistentemente la ampolleta que los iluminaba colgando de un cable.

—¡Si no vamos todos, no va ninguno! —sentenció el toro Ramírez, intentando convocar la rebeldía de sus compañeros, al mismo tiempo que se ponía de pie con un poco de esfuerzo debido a su abultada panza y metía su áspera mano en el bolsillo del pantalón para sacar una cajetilla de cigarros completamente arrugada. El gallito López, cuyo cuerpo era delgado como el de un insecto, se acercó ágilmente con un encendedor y le brindó fuego.

—¿Dame uno? —dijo mostrando esa amarillenta sonrisa pedigüeña que todos conocían.

—Ay gallito… definitivamente hay cosas que no cambian —dijo el toro Ramírez estirando su brazo para convidarle un cigarrillo al gallito López, quien lo sacó con su temblorosa mano y lo puso detrás de su oreja.

El toro Ramírez se apoyó en el pilar de madera de la improvisada caseta que los acogía, que crujió ante la presión de su peso, y miró hacia la intersección de calles que estaba a unos cuantos metros. Los automóviles atochaban el amplio cruce con sus conductores solitarios que sin duda deseaban estar en *otra parte*. El toro Ramírez dio una profunda calada a su cigarro y comentó:

—Aunque duela, no tiene caso negarlo, hay que aceptar la invitación. —Y botó un resoplido lleno de humo que dio vueltas bajo la techumbre de la caseta antes de disolverse con el viento. —Y solo tres de nosotros pueden ir —concluyó.

—¡Vamos muchachos! Hemos esperado una oportunidad así toda la vida… Debemos ser los hombres más afortunados del mundo —dijo el sapo Carrasco intentando levantar el ánimo del grupo que se sumergía rápidamente en un estado de melancólica nostalgia.

—¿No será una prueba? —dijo el oso García, sintiendo en su interior un ínfimo atisbo de esperanza. Meditabundo bajó la mirada y comenzó a peinar su larga barba que ya casi no tenía cabellos oscuros y luego de pensarlo unos segundos, entusiasmado levantó la cabeza con sus ojos bien abiertos —¡Tal vez *ella* quiere ver si somos capaces de renunciar a su propuesta! Tal vez quiere probar nuestra lealtad…

—Es posible… —dijo el gallito López— al fin y al cabo, no creo que haya un problema de *espacio* ¿Qué le cuesta llevarnos a todos? Uno más, uno menos… que tanta diferencia.

Un par de risas irónicas saltaron luego del comentario del gallito López y luego el cuarteto de amigos mantuvo un ceremonioso silencio amparado por la calurosa noche de verano; todos sabían que las reglas estaban claras y que uno de ellos debía quedar atrás.

Las bocinas de los automóviles se escuchaban lejanas a pesar de estar a pocos metros del grupo y no distraían a estos amigos que estaban prontos a concluir una entrañable etapa de sus vidas.

2

Todos los viernes, durante más de diez años, lloviese o nevase, se juntaban bajo la caseta que ellos mismos habían construido en una explanada a las afueras de su villa, justo frente a la intersección de dos grandes calles. Era un espacio donde podían retirarse de las complicaciones de sus miserables vidas, donde podían reír y compartir sus penas, era un refugio donde habían aprendido a conocerse a ellos mismos y respetar sus diferencias.

El toro Ramírez apagó el cigarro con la punta de su zapato y sentó su enorme trasero en la banca de madera que habían construido con tablas sobrantes de la feria. Sobre la mesa puso el gastado naipe español que tantas noches los había acompañado.

—Si lo vamos a hacer, que sea en nuestros términos ¿No?

El oso García, el sapo Carrasco y el gallito López

levantaron la vista y miraron con un brillo infantil en sus ojos a al toro Ramírez y ágilmente se acomodaron en las bancas para quedar mirándose unos con otros.

—¿"Brisca"? —propuso el sapo Carrasco y tomó el jockey que había dejado sobre la mesa y se lo puso nuevamente para cubrir su brillante calva.

—Es en parejas… "Escoba" mejor, cada cual se rasca con sus propias uñas —propuso el gallito López. El grupo asintió entusiasmado.

—El que llega a treinta puntos va ganando un cupo hasta que queden solo dos y definen el puesto final —dijo el oso García, al mismo tiempo que tomaba el mazo y comenzaba a sacar los ochos y los nueves. El gallito López sacó el cigarrillo doblado en forma de "U" que tenía tras su oreja, lo estiró y lo encendió, el sapo Carrasco desabrochó las mangas de su camisa y las arremangó hasta más arriba del codo y el toro Ramírez abrió una mochila que tenía a un costado para sacar unas latas de cerveza que repartió entre el grupo.

El oso García con habilidad, comenzó a barajar las cartas: una, dos, tres veces…

—¡Ya pues! Que nos van a salir unos juegos de mierda. —Comentó el toro Ramírez. Unas risas nerviosas se unieron al sonido de las latas de cerveza que se abrían. El oso García paró de mezclar las cartas y, antes de repartir, miró a cada uno de los jugadores.

—Ha sido un placer compartir estos años con ustedes muchachos —todos se miraron a los ojos y supieron que era un privilegio poder dirimir tan extraordinaria situación con un simple juego de cartas—. Que gane el "más mejor" —concluyó el oso García y puso cuatro cartas sobre la mesa boca arriba y repartió tres a cada jugador. Cada uno de los amigos desplegó el naipe en su mano para revisar su suerte y la íntima ilusión de ser uno de los ganadores creció en cada uno de ellos.

Incansable, la polilla seguía azotando su cabeza contra el vidrio de la ampolleta buscando llegar a esa luz que la quemaría si pudiese tocarla.

3

Solo faltaba poco más de media hora para que los tres elegidos emprendieran el viaje sin retorno, la hora de la partida se acercaba inexorable como la *muerte*. El gallito López y el sapo Carrasco habían ganado el primer y segundo juego, y observaban con nerviosa atención el apretado desenlace de la partida final entre el toro Ramírez y el oso García que tenían veintiuno y veintitrés puntos respectivamente.

El gallito López hizo de maestro de ceremonias y repartió las cartas de la última tirada. El oso García levantó sus primeras tres cartas y supo que este juego sería suyo, solo necesitaba un poco de suerte y su camino hacia un destino mejor estaría asegurado. El toro Ramírez comenzó haciendo un par de buenas jugadas, lo que intimidó al oso García por unos instantes, pero al final de las dos primeras rondas todo estaba saliendo favorable para el oso García, que había hecho "una escoba" y se había llevado el "siete de oros".

El gallito López repartió la siguiente ronda de tres cartas y cuando el toro Ramírez las revisó supo que su destino estaba condenado, eran las peores cartas que le podrían haber salido, por su parte el oso García supo que su intuición había sido correcta y que tenía asegurado el cupo faltante. Al final de la quinta ronda el oso García había arrasado con el toro Ramírez y había sumado al menos seis puntos incluyendo "la carta más alta", "los oros" y un par de escobas. La ronda final fue un mero trámite, el oso

García sumó tres escobas además de llevarse otro punto por tener la mayor cantidad de cartas. Había superado con creces los treinta puntos y se adjudicó el cupo final.

El gallito López y el sapo Carrasco se acercaron a abrazar al toro Ramírez quien, con una sonrisa afable y su enorme panza bonachona, los invitó a estar tranquilos, que el juego había sido justo y que aceptaba tranquilo su destino. El oso García, quien no era dado a demostraciones de afecto, se acercó al toro Ramírez y lo abrazó con fuerza y emocionado golpeó un par de veces la espalda de su amigo intentando contener las lágrimas.

—Los voy a extrañar viejos de mierda —dijo el toro Ramírez con una voz quebradiza—. Tengan por seguro que los viernes nunca serán lo mismo, sin ustedes serán un puto aburrimiento.

—Vamos a hacer lo posible para venir por ti Torito, no sabemos lo que nos espera, pero si hay algo que podamos hacer cuenta con que no descansaremos hasta que estés lo antes posible con nosotros… es una promesa—. El gallito López estiró su mano hacia el toro Ramírez quien la tomó con fuerza.

—¡Qué cartas de mierda me tocaron! Te dije que no las revolvieras tanto Oso culiao —dijo el toro Ramírez, y todos rieron tensamente. El toro Ramírez metió su mano en el bolsillo para sacar sus cigarros. Antes de que el gallito López alcanzara a pronunciar palabra alguna, el toro Ramírez le alcanzó la cajetilla.

—Es el último —dijo el toro Ramírez—. El gallito López retrocedió e hizo un gesto indicando que no era necesario, pero el toro Ramírez no recogió su brazo e insistió —. Vamos gallito, sácalo, literalmente es el *último*. El gallito López mostró sus dientes amarillos en señal de agradecimiento y sacó el cigarrillo, pero su sonrisa pedigüeña ya no era misma de antes.

El cruce de calles se había vuelto más silencioso, con el paso de las horas el tráfico había disminuido y ahora los pocos automóviles que pasaban lo hacían a gran velocidad. Preparando el ambiente para tan anticipada partida, un viento tibio levantó algunas hojas secas que habían caído tardíamente de unos grandes álamos y a lo lejos la misteriosa melodía de una gaita coronó el escenario.

El oso García conocía bien al toro Ramírez y sabía que no soportaría la ausencia de sus amigos por mucho tiempo. Era el más sensible de todos, el que lloraba por cualquier cosa, el que había perdido un hijo y su esposa lo había abandonado, el que no tenía a nadie más en este mundo... No era justo que él fuese el que se quedara.

—No voy a ir —dijo el oso García en un tono definitivo—. Creo que puedo quedarme un tiempo más por acá esperando… estoy seguro de que ustedes vendrán a buscarme si es que *ella* lo permite.

—¡No tienes que hacer esto! —dijo el toro Ramírez ofendido—. Puedo aceptar lo que me corresponde Oso, no soy un cobarde. Establecimos las reglas y perdí, fin del asunto. Yo soy el que se queda.

—Vamos hombre… tú sabes que no es así —comentó el oso García conciliador—. Nunca estuve muy entusiasmado con la idea de irme tampoco, seré feliz sabiendo que ustedes están en un *lugar mejor*. No me discutas y acepta lo que te ofrezco.

—Quedan dos minutos —dijo el sapo Carrasco.

—¡Las reglas son las reglas! —gritó el toro Ramírez con sus ojos humedecidos.

—Ya está decidido, no insistas… —respondió el oso García— tú sabes que es lo mejor.

El toro Ramírez no siguió insistiendo y bajó su cabeza para ocultar las lágrimas.

—Está todo bien torito —lo consoló el oso García—.

Es solo un juego de cartas.

—Queda un minuto —murmuró el sapo Carrasco.

—¿Tenemos que hacer algo? —preguntó el gallito López.

—Me imagino que solo sentarnos y esperar —dijo el sapo Carrasco.

El cuarteto de amigos esperó expectante en la caseta a que fuese la hora de la partida y esta llegó sin un segundo de retraso, exactamente a la medianoche. El primero en irse fue el sapo Carrasco, lo cual parecía lógico, ya que era él quien había recibido la notificación en un premonitorio sueño. No alcanzó a decir nada, solo disparó una extraña mirada a sus amigos y luego una sonrisa apareció en su rostro. Sus ojos se tornaron blancos y su cuerpo inerte cayó sobre la mesa botando algunos naipes al suelo. Luego fue el gallito López quien comenzó a sobar sus manos sintiendo un inusual hormigueo, sus ojos se también tornaron blancos y su delgado cuerpo de insecto cayó inerte sobre la mesa, el cigarrillo que fumaba quedó humeando y consumiéndose inmóvil entre sus dedos. El toro Ramírez estiró su brazo por sobre las cartas del último juego y apretó la mano del oso García, "gracias" le dijo. El oso García sintió la mano de su amigo tornándose fría y como, tras unos breves segundos, lo soltó definitivamente.

El oso García quedó perplejo frente a sus amigos que se habían marchado, observando detenidamente sus cuerpos sin vida y preguntándose porque la muerte era tan caprichosa y solo había querido llevarse a tres. Con lentitud salió de su estupor y comenzó a recoger las cartas y las latas de cerveza vacías. Mientras lo hacía, el oso García sintió envidia por la fortuna de los que habían emprendido *el viaje* juntos, luego sintió arrepentimiento por haber cedido su puesto y finalmente desesperación al pensar que había sido abandonado por la muerte quizás por cuantos años más.

Pero rápidamente esos oscuros pensamientos dieron paso a la paz y se sintió tranquilo. Entendió que lo que había sucedido era lo correcto.

Lo que acaeció a continuación se desarrolló en cosa de segundos. El chirrido de automóviles frenando y estruendosas bocinas llenaron el ambiente, y un sonido como el de un trueno metálico sacó violentamente al oso García de sus pesadas reflexiones. Asustado por el alboroto el oso García giró su cabeza hacia la fuente del ruido y solo alcanzó a vislumbrar por unos breves segundos un veloz e imponente par de luces que lo encandilaban y que se dirigían a toda velocidad hacia él.

Justo antes de ser impactado por un camión sin frenos que arrasó con la caseta, el oso García se sintió afortunado por los buenos amigos que había tenido y por la premura con la que habían cumplido su promesa.

El polvo comenzó suavemente a despejarse y las hojas secas volvieron a su frágil reposo. De entre los restos del accidente emergió una sobreviviente que dando vueltas en círculos se elevó hacia el cielo. La polilla, que hacía unos instantes chocaba persistente contra la ampolleta de la caseta, voló confundida y comenzó a buscar un nuevo destino. A unos pocos metros de distancia un farol llamó su atención y, sin poder luchar contra su naturaleza, fue directo hacia la luz.

LA VACA

**El texto que leerán a continuación fue publicado íntegro en el diario "Cruz del sur" el día 17 de febrero del año 2021.*

Miércoles 11 de noviembre 2020

Soy Miguel Ramírez y escribo este diario pensando en la posibilidad de que algo malo me pase. Quiero dejar un testimonio que sirva como prueba en la eventualidad de que las amenazas que estoy recibiendo se hagan realidad. No tengo ninguna intención de que la información que escribiré en estas hojas se haga pública, solo lo hago para defenderme en el caso que sea necesario o para limpiar mi honra en el triste evento de que todo esto termine en una fatalidad.

Jueves 12 de noviembre 2020

Como todas las mañanas me encontré con el Flaco en la plaza que está a dos cuadras del colegio para fumar un pucho. Me preguntó si estaba nervioso por las amenazas que Tomás me estaba haciendo por el chat del curso y le dije que no se preocupara, que siempre quedaban en eso: en amenazas vacías. No le dije que en realidad sí estaba un poco preocupado por el tono que estaban tomando las intimidaciones y que por esa razón había empezado a escribir un diario.

A diferencia de otros días, hoy no me molestaron en el recreo. Tomás, el líder de la pandilla de matones, me miraba enfurecido desde un rincón del patio. Su ojo morado era la mayor humillación que podía llevar frente a los compañeros del colegio.

Todo comenzó el día diez de noviembre a la salida de clases, cuando me llevaron a empujones a la cancha de tierra para que peleara con Tomás. Ellos nunca esperaron que yo tuviera alguna habilidad para el enfrentamiento, ya que, siendo objetivo, soy un joven muy delgado y aparentemente débil. Sin embargo, ellos desconocían que desde hacía un tiempo estaba tomando clases de kickboxing y que tenía un par de movimientos escondidos bajo la manga.

Ya en la cancha y rodeado de vítores y afrentas, Tomás se acercó a golpearme. Lo vi venir fácilmente y lo bloqueé sin complicaciones, y con una reacción que me sorprendió incluso a mí mismo, rápidamente le asesté un certero golpe de puño en su ojo izquierdo. Luego del puñetazo me acerqué a Tomás para decirle que no quería seguir peleando, pero él me empujó molesto y se fue de la cancha, humillado y rodeado de su séquito de esbirros.

Desde ese día hasta la fecha las amenazas por el chat del curso han sido insistentes, Tomás y su grupo de secuaces me han prometido brutales golpizas y actos que encajan literalmente en la definición de tortura. Sinceramente espero que esto no pase más allá de las palabras, ando mirando sobre mis hombros a cada instante, aunque creo que no serían capaces de concretar las cosas que profieren.

Dejo acá como antecedente que todos los chats están guardados en mi computador en el caso que llegaran a ser necesarios.

Jueves 19 de noviembre 2020

Gracias a Dios las cosas se han calmado en el colegio; las amenazas han desaparecido del chat y las burlas cotidianas han vuelto a ser las mismas de siempre.

Hoy, mientras jugábamos a la pelota, todo el grupo de Tomás se puso al costado de la cancha y comenzó a molestarme con el ya clásico apodo que me pusieron; "la vaca". Me dicen así por las manchas que tengo en mi piel por el vitiligo. Pero la verdad es que sus insultos no me afectan, me han puesto sobrenombres desde que era chico y no me hace tanto problema.

Viernes 20 de noviembre 2020

Me ha quedado gustando esto del diario, me sirve para ir aclarando las cosas que pienso y para recapitular lo que me ha pasado en el día. Por ejemplo, hoy me di cuenta de algo muy extraño. En mi curso hay una compañera que se llama Lorena, ella desde hace un par de años que comenzó a decirme que le gustaba, que yo era el amor de su vida y que le encantaba mi vitiligo porque me hacía "distinto". Fue tanto lo que insistió que en una fiesta hace como un año atrás nos dimos unos besos, pero la verdad es que fue por pena porque Lorena no me gustaba nada, hasta el día de hoy pienso que es un poco desequilibrada, como que hay algo raro en su mirada que me inquieta. Después de esos besos preferí dejarle en claro que en realidad no me gustaba y que prefería que fuésemos amigos. Ella al principio se molestó, pero con el paso del tiempo finalmente terminamos siendo buenos amigos. Lo curioso es que hoy, a la salida del colegio, la vi tomada de la mano con Tomás y eso me parece muy extraño, porque ella sabe todo lo mal que él me ha tratado a mí y a otros compañeros ¡Es un maldito matón! Tal vez yo ya no le importo tanto… sería una pena perderla como amiga.

Hoy en la noche vamos a salir a cazar con el Flaco y su papá. Hay un sector cerca del monte que está infestado de conejos. Están destruyendo los cultivos del tío Claudio y me pidieron ayuda para tratar de aminorar la plaga. No puedo decir que soy un fanático de la caza, pero tengo una puntería envidiable.

Sábado 21 de noviembre 2020

Fue un éxito la jornada de anoche, matamos como treinta conejos. La tía Irma, la mamá del Flaco, nos invitó a mí y a mi familia para mañana a la hora de almuerzo a comer estofado. A mis padres no les caen muy bien los papás del Flaco, así que les tuve que decir que agradecíamos la invitación, pero que teníamos visitas.

Lunes 23 de noviembre 2020

Hoy en el recreo se estuvo organizando un paseo para cerrar el año. Los dos cursos que estamos en cuarto medio vamos a dar la prueba de admisión para entrar a la universidad (que la mayoría están en Santiago) y es muy probable que no estemos juntos de nuevo nunca más. La idea es ir a acampar un fin de semana a "la isla" y creo que esa puede ser la última oportunidad que voy a tener con Fabiola. Lo más probable es que ella se vaya a estudiar a Valdivia y yo a Santiago, y nuestros caminos se bifurquen para siempre.

Martes 24 de noviembre 2020

Está decidido, el paseo se hará del cuatro al seis de diciembre, justo la semana que salimos de clases y una semana antes de la fiesta de graduación. Me tengo que conseguir una carpa y unos pitos, porque a Fabiola le gustan los cogollos y la voy a sorprender con eso.

La idea que tenemos con el Flaco es compartir una

carpa entre los dos y si a alguno le resulta algo, el otro tiene que buscar otra carpa donde irse a dormir. Lo bueno es que estuve hablando con Fabiola y ella va a compartir una carpa con Susana, y Susana anda loca detrás del Flaco. He estado tratando de convencerlo que haga un sacrificio por su querido amigo y me deje a solas con Fabiola, pero aún no logro persuadirlo porque no le gusta nada Susana.

Miércoles 25 de noviembre 2020

Está haciendo mucho calor acá en Garmendia, el pueblo literalmente parece un infierno. El dicho "pueblo chico, infierno grande" no puede sentarle mejor a este pueblucho de mierda. Me conseguí una carpa con mi tía, me dijo que estaba media vieja, pero que funcionaba y mañana en la tarde voy a comprar diez mil de cogollos al primo de un compañero del cole. Todo anda sobre ruedas. El Flaco aceptó sacrificarse con Susana con la condición de que yo me pusiera con una botella de whisky. No tengo plata para comprarla, las únicas diez lucas que tengo ya tienen destino, así que voy a sacar una botella polvorienta que mi papá tiene en la despensa hace años.

Jueves 26 de noviembre 2020

Hoy fue un mal día. Tomás terminó con Lorena y ella se volvió a acercar a mí. Me contó que Tomás está planeando con sus amigos hacerme algo para el paseo, no se ha olvidado del combo que le di frente a todos en la cancha y quiere venganza.

También me preguntó si quería dormir con ella en su carpa, que no tenía con quien compartirla y que le daba miedo pasar la noche sola. Le expliqué que ya había acordado con el Flaco compartir la carpa y se enojó conmigo, me recordó que no nos íbamos a ver más y que yo nunca le había dejado de gustar, que quería llevarse un "bonito recuerdo mío". Me sentí muy incómodo y no supe que decirle, me pone nervioso cuando se pone media loca. Al final ella se fue ofendida por mi indiferencia, pero habría sido peor si yo le hubiese dado falsas esperanzas.

Con respecto a lo que me dijo de Tomás, he pensado que sería bueno llevar algo para defenderme en el caso que sea necesario. Voy a tomar prestado un revolver que tiene que mi papá en la bodega, solo para amenazarlo y que deje de molestarme.

Viernes 27 de noviembre 2020

Hoy hubo ensayo de la prueba de admisión universitaria y cuando entramos a la sala vi que había dibujada una vaca que ocupaba todo el ancho de la pizarra. Tomás y sus amigotes comenzaron a mugir y el curso completo se rio de mí. Me levanté para borrar el dibujo, pero obviamente lo habían hecho con plumón permanente. Tuve que dar la prueba con el dibujo de la vaca frente a mí toda la mañana y cada cierto rato algún chistoso mugía y las risas contenidas inundaban el ambiente. No me fue bien en el ensayo, no me pude concentrar.

Pasando a otro tema… ¡Me fue bien con los pitos! El primo de mi amigo me dijo que estaban muy buenos, aunque la verdad yo no tengo idea porque nunca he fumado. Hoy en la noche es el cumpleaños de Fabiola y me invitó para que fuera una su casa a celebrarlo; voy a sacar un poco del paquete para llevarle de regalo.

Sábado 28 de noviembre 2020

Ayer fue espectacular. Yo sabía que tenía algo de onda con Fabiola, pero anoche confirmé que le gusto.

Cuando llegué vi que no había invitado a tanta gente, era más bien relajado. La mamá de Fabiola había preparado unas hamburguesas y había comprado un montón de cerveza. Me acerqué misteriosamente a Fabiola y le pasé su regalo, ella me miró con extrañeza y luego cuando sintió el fuerte olor que salía de la cajita entendió por qué tanta cautela, me dio un beso en la mejilla y se fue rápidamente a su pieza para guardarlo.

Fabiola estuvo sentada al lado mío todo el tiempo y reía con ganas; estaba feliz. Lorena también estaba en la fiesta y notó que había algo entre nosotros, me miraba desde lejos muy enojada y luego, paulatinamente, su enojo cambió a pena. De repente me di cuenta de que Lorena ya no estaba, se había ido sin despedirse de nadie.

Al final de la fiesta quedamos solo Fabiola y yo. Conversamos hasta como las cuatro de la mañana y, ya un poco envalentonado después de siete cervezas, me lancé a darle un beso que ella me correspondió. Fue mejor de lo que pensaba. Su exquisito aliento, su cintura ajustada y sus pechos firmes contra mi cuerpo; tuve que ocultar una vergonzosa erección que se asomaba incontrolable. Me fui de su casa sabiendo que el paseo sería inolvidable y que tal vez con ella podría ser mi primera vez.

Domingo 29 de noviembre 2020

Estuve todo el día chateando con Fabiola, creo que me gusta más de lo que pensaba.

Lunes 30 de noviembre 2020

¡Última semana de clases! ¡Por fin! Ya está cerrado el año escolar y solo quedan ensayos voluntarios para la prueba de admisión universitaria. Voy a participar de todos porque no me siento tan preparado y necesito muy buen puntaje para poder entrar a medicina. Salí con promedio seis ocho de la enseñanza media, fui el mejor de mi curso, pero eso no asegura nada.

Martes 1 de diciembre 2020

Hoy mientras estábamos dando el ensayo de la prueba de lenguaje noté que Lorena me miraba de reojo todo el rato. Se notaba que quería decirme algo y que no estaba concentrada en absoluto en la prueba. A la salida del ensayo se acercó y me dijo si podíamos ir a la plaza a comer un helado, que ella me invitaba.

Nos sentamos debajo de un enorme boldo a comer los helados que se derretían rápidamente con el aire tibio. Sin perder el tiempo ella me preguntó que estaba pasando con Fabiola, que si acaso ella me gustaba. Yo que nunca he sido dado a la hipocresía no oculté mis sentimientos y le conté que me gustaba mucho. Lorena sonrió con una mueca que claramente ocultaba el dolor de saber que no era correspondida. Terminamos de comer el helado en silencio y la acompañé a su casa.

Miércoles 2 de diciembre 2020

Hoy no hubo ensayo, así que con el Flaco estuvimos en el río bañándonos todo el día. Compramos unas cervezas y llevé el revolver de mi papá para dispararle a las latas vacías. Definitivamente tengo un don con la puntería, no fallé ningún tiro.

Durante toda la tarde en el chat del colegio se habló del paseo y de nuevo el Tomás tiró un par de indirectas molestándome. Esta vez no me quedé callado y le contesté que fuera más hombrecito y me dijera las cosas de frente como en la cancha. Mi comentario causó risas en el chat y Tomás no me contestó.

Jueves 3 de diciembre 2020

Anoche estuve chateando como hasta las tres de la mañana con Fabiola, me encanta. Es un poco depresiva eso sí… tiene problemas con sus papás que pelean mucho y además le exigen un montón. Quieren que se vaya a Valdivia a estudiar ingeniería civil y que se quede en la casa de una tía que tiene allá. Ella no tiene muchas ganas, siempre le ha gustado el arte, pero sus papás no le van a pagar la carrera si no estudia lo que ellos quieren. Me dio pena… igual yo le aconsejé que aprovechara la oportunidad que sus padres le están dando y que estudie ingeniería, después podrá dedicarse al arte si quiere.

En la mañana tuvimos prueba de ciencias, estuvo muy difícil, pero creo que me fue bien. Es muy importante que en esta prueba saque un puntaje alto, sino estudiar medicina va a ser imposible.

En la tarde fuimos con el Flaco de nuevo al río. Me conseguí un bote y estuvimos pescando un rato. El Flaco sacó un salmón enorme y lo comimos a la plancha en su casa a la noche. En la mesa estuvimos conversando de los estudios y los papás del Flaco lo único que quieren es que estudie agronomía para que los ayude después con el campo. Al Flaco le da lo mismo, así que lo más probable es que les haga caso.

Viernes 4 de diciembre 2020

Estuve en la casa de mi tía temprano y recogí la carpa que me prestó. Es muy antigua, pero está en perfectas condiciones; sin hoyos y no le falta ninguna pieza. Luego armé la mochila con algo de comida en latas, el saco de dormir, la botella polvorienta de whisky y los pitos para Fabiola. Dudé por unos instantes si llevar el revolver o no, pero finalmente decidí que era mejor llevarlo. Ahora voy a ir a la casa del Flaco para que nos vayamos juntos a "la isla".

Estoy en la carpa escribiendo un rato antes de salir, vamos a hacer un fogón gigante todos los que vinimos. Después de que pasé a buscar al Flaco nos vinimos a "la isla" en un bote, cruzamos con otros compañeros de curso y fuimos los primeros en llegar. Nos instalamos en el mejor lugar, justo en la península que tiene una vista preciosa, se ve Garmendia de lejos con sus pocas luces amarillas titilando al borde el lago. La carpa quedó a la sombra de un sauce y armamos un improvisado comedor con unas tablas y troncos viejos.

Al rato llegaron otros dos botes más, ahí venían Fabiola y Susana, como también Tomás y sus amigotes. No venía Lorena lo que me pareció extraño. Con el Flaco nos bañamos en el lago durante la tarde y nos tomamos algunas cervezas. Fabiola, una vez que ya había armado su carpa junto a Susana, puso su toalla al lado de la mía y se metió al agua ¡Me encanta Fabiola, es perfecta!

A la tarde comenzó a bajar el frío y nos fuimos cada uno a su carpa. Quedamos de juntarnos todos en el mirador para hacer una gran fogata a la noche.

Ahora, mientras estoy escribiendo, veo como está llegando un último bote con algunos compañeros que faltaban, ahí viene Lorena, me alegro igual que haya venido.

Sábado 5 de diciembre 2020

¡Anoche el fogón estuvo increíble! Con Fabiola estuvimos todo el tiempo conversando y en un momento nos alejamos del grupo para estar solos en la playa. Le pasé los pitos que le había comprado y nos fumamos uno gigante. Nos matamos de la risa y mientras mirábamos en silencio las estrellas le tomé la mano y después de unos segundos me acerqué a darle un beso. Prefiero no contar lo que pasó después… me da un poco de vergüenza incluso escribirlo. Pero basta con decir que estuvimos a punto de hacerlo, pero sentimos unos ruidos raros en unos arbustos y como que se echó a perder el ambiente. Después volvimos a la fogata donde estaban todos ya medios curados y me di cuenta de que mi amigo Flaco le estaba haciendo los puntos a Susana… que gran amigo que es el Flaco. Terminó vomitando como un demonio toda la botella de whisky que casi se tomó entera. De todas maneras, anoche no dormimos juntos con Fabiola, pero está todo listo para que hoy sí.

Hoy en la tarde estábamos en la playa con el Flaco, Fabiola y Susana bañándonos los cuatro tranquilamente, cuando inesperadamente el Tomás se acercó a decirme que no quería tener más rollos conmigo, que no tenía sentido seguir peleando y tener rivalidades estúpidas. Me pareció sumamente extraño de su parte, pero acepté la tregua con alegría, era un alivio no tener que andar preocupado de cuando sería la supuesta venganza de ese imbécil.

Domingo 6 de diciembre 2020

Ahora me doy cuenta de que la tregua que me propuso el Tomás eran puras mentiras. Estoy metido en el tremendo problema.

Ayer queríamos hacer una última fiesta en el mirador y Lorena, que había estado súper apartada, me dijo si quería que fuésemos juntos a buscar leña para el fogón y le dije que bueno. Nos alejamos del camping y nos internamos un poco en el bosque. A medida que íbamos llenando el saco con palos secos ella me empezó a hablar mal de Fabiola, a decirme que ella andaba con otro, que no me quería, que me estaba dando falsas esperanzas, que estaba jugando conmigo, etc. Yo le dije que no se preocupara, que era asunto mío. Lorena se ofuscó mucho y al igual que el día que nos comimos el helado, se taimó y no habló más hasta que regresamos al campamento.

Cuando llegamos empecé con un par de amigos a armar la pira y a lo lejos vi como Lorena hablaba con Tomás sospechosamente. Ella lloraba mucho y él me dirigía miradas iracundas a lo lejos. Yo no entendía nada de lo que estaba pasando.

Cuando llegó la noche y estábamos en plena celebración Tomás apagó la música y llamó la atención de todos para decir algo al grupo. A viva voz dijo que yo había intentado abusar de Lorena en el bosque. Me quedé helado. Las miradas de todos se dirigieron hacia mí y solo el crepitar del fuego rompía el tenso ambiente. Fabiola me miró con desconfianza y el Flaco solo atinaba a mirarme con sorpresa. Intenté hablar, pero las palabras me salieron balbuceantes y confusas, Lorena lloraba escandalosamente acompañada de un par de amigas. Tomás se acercó amenazante con un palo y me dijo que tenía que irme de inmediato de "la isla". Intenté acercarme a Lorena para preguntarle qué era lo que estaba pasando y varios compañeros me bloquearon el paso e impidieron que me acercara. Sus voces comenzaron a sumarse una a una para formar un coro endemoniado: "Ándate vaca culiá" "Degenerado de mierda, te vamos a cagar" "Vaca asquerosa te vamos a funar" entre otras frases aún más ofensivas. Escoltado por Tomás y su pandilla tomé mi mochila, desarmé la carpa y me subí a un bote para irme de vuelta al pueblo en medio de una noche sin luna.

Lunes 7 de diciembre 2020

Esto se está transformando en una pesadilla. Los papás de Lorena hicieron una denuncia en carabineros por intento de abuso sexual y en Garmendia, como las copuchas vuelan, rápidamente todos se han enterado de la calumnia. Hoy fui a comprar pan para la casa y Don Jaime, del negocio de la esquina, no me quiso atender y me dijo que me fuera de su local y que no volviera, que ni yo, ni nadie de mi familia, eran bienvenidos.

Mis papás me preguntaron si yo había hecho algo y noté en sus ojos cierta desconfianza, sentí que dudaron por unos instantes de mi versión de los hechos, aunque al final me creyeron y me dieron su apoyo. Es increíble que incluso las personas más cercanas a ti puedan dudar frente a tamaña difamación.

No he sabido nada más de Fabiola ni del Flaco, les he escrito mensajes y no me contestan. Me siento muy solo y enojado. Le escribí también a Lorena para que dijera la verdad y parara con esta tremenda mentira, pero me bloqueó en el chat y de las redes sociales. Hoy en la tarde quiero ir a verla para ver si puedo convencerla de que se retracte.

Martes 8 de diciembre 2020

Ayer fui donde Lorena en la noche. Fue espantoso. Salió a recibirme el padre y el hermano mayor. No me dejaron hablar nada y de inmediato amenazaron con llamar a la policía y que si no quería terminar en el hospital nunca más me acercara a ella. Alcancé a gritarle a Lorena (sabía que ella estaba escuchando) que dejara de mentir, que me estaba haciendo mucho daño, pero el hermano mayor salió amenazante de la casa y salí corriendo.

Hoy me voy a quedar en la casa, no tengo mucho ánimo de salir.

Miércoles 9 de diciembre 2020

Están subiendo un montón de memes y "funas" por las redes sociales. Me están destruyendo. Estoy recibiendo mucho odio que no merezco y siento que me está afectando mucho. Estoy mareado, las letras se me mueven confusas; solo quiero llorar de tanta rabia que tengo.

Jueves 10 de diciembre 2020

Mañana es la ceremonia de graduación del colegio y se va a celebrar en el salón de los bomberos de Garmendia.

No tenía ganas de ir, para qué… ¿Para someterme al odio injustificado de todos? Pero lo pensé bien y no tengo nada de qué sentirme culpable. No tengo porqué andar escondido, así que voy a ir a la ceremonia igual.

Aún estoy muy decepcionado del Flaco y Fabiola, no sé si se creyeron las mentiras, pero ni siquiera me dieron la oportunidad de defenderme. Esto es un infierno, es como si tuviese una enfermedad contagiosa y nadie quisiese estar cerca de mí.

Viernes 11 de diciembre 2020

A mis papás les han llegado comentarios horribles míos. Se han inventado otros rumores de nuevas situaciones falsas que acrecientan el mito en torno a mi comportamiento. Ellos están muy afectados y estamos pensando hacer alguna acción judicial en contra de Lorena por injurias y calumnias.

Hoy en la tarde es la graduación en el colegio, no tengo ganas de ir, pero pienso que faltar sería como reconocer que lo que dijo Lorena es cierto.

Sábado 12 de diciembre 2020

Todo esto que está pasando es surreal. No tiene sentido alguno, parece sacado de una película de Raúl Ruiz.

Ayer en la ceremonia comenzaron a pasar cada uno de los compañeros egresados a recibir su título de cuarto medio entre aplausos y vítores. Cuando subió Lorena recibió una ovación y un abrazo cariñoso de todos los profesores, no podía creer lo que estaba pasando. Cuando me tocó subir al escenario todos mantuvieron un frío silencio, solo mis padres aplaudieron. La profesora me pasó el diploma con desprecio y no quiso posar conmigo para la foto oficial, a pesar de que fui el promedio más alto de toda la generación. Cuando estaba bajando del escenario comenzaron a mugir unos pocos, luego se sumaron más y finalmente toda la audiencia mugía. Con mi familia nos quedamos hasta el final de la ceremonia.

Hoy en la noche es la fiesta y voy a ir igual, creo que es la única oportunidad que tengo de hablar con Lorena y convencerla que se retracte.

Domingo 13 de diciembre 2020

Son las doce de la noche y recién puedo sentarme en la cama a escribir; tengo todo el cuerpo adolorido.

Como sabía que a la fiesta nadie iba a querer faltar, era la oportunidad perfecta para encontrarme con todos y enfrentar el problema cara a cara. Cuando entré al salón sentí el peso de las miradas reprobatorias, pero me fui directo a la barra y pedí una piscola. Me senté en un rincón más bien alejado y al cabo de unos minutos a nadie le importaba mi presencia. Me acerqué a la barra para pedir un segundo trago y vi que estaba llegando el Flaco, de inmediato me acerqué para saludarlo y saber por qué no estaba respondiendo mis mensajes. Se puso muy nervioso y me explicó que tenía miedo de que también a él lo involucraran en el asunto, que sabía que era todo mentira, pero que mientras no se aclarara la situación sus papás le habían recomendado mantenerse alejado. Me pidió disculpas y se fue. Me sorprendió la falta de lealtad de quien consideraba un amigo, su rechazo fue un golpe incluso más duro que los que recibiría más tarde.

Me volví a sentar en el mismo rincón a beber la segunda piscola, desde ese oscuro espacio podía observar todo lo que pasaba y nadie notaba mi presencia. Oculto en las penumbras vi como llegó Lorena, llena de entusiasmo saludando a todos, sin ningún remordimiento aparente. Y la sorpresa de la noche fue cuando vi a Tomás llegar con Fabiola, no podía creerlo ¿Sería posible que todos estuviesen confabulados para hacerme daño? ¿Por qué? ¡No les he hecho nada!

Me acerqué a la barra para pedir una tercera piscola y apenas me la sirvieron me la tomé toda al seco. Envalentonado me acerqué a Lorena (que al verme quedó pálida) y de inmediato la enfrenté, le dije que dejara de mentir, que estaba arruinando mi vida, que todos creían que yo era una especie de monstruo y que ella era la única que sabía que todo eso era mentira. Lorena me miraba asustada y no atinaba a decirme nada, comencé a gritarle y en un momento de ira la tomé del brazo con fuerza y la zamarreé. Se hizo un silencio espectral en el salón, la música se detuvo y sentí un fuerte golpe en la cabeza propinado con una botella de vidrio. Quedé atontado y recuerdo que me arrastraron a la parte trasera del salón donde entre varios, que no logré identificar, me dieron una terrible pateadura. Desperté sobre el suelo húmedo al rato después, tenía todo el cuerpo mojado por alguna lluvia pasajera y estaba tiritando de frío. La fiesta aún continuaba en el interior. Ahora estoy acostado recuperándome y solo quiero dormir.

Lunes 23 de diciembre 2020

He pensado mucho estos días y por eso no he escrito nada. La situación en el pueblo sigue siendo una tortura. No hay nadie en Garmendia que no se haya dado el gusto de gritarme, escupirme, insultarme o despreciarme. Incluso mis padres también han sido humillados cruelmente; ellos me recomiendan dejar el tema atrás ya que supuestamente me voy a estudiar a la capital. Además, ellos están pensando en irse del pueblo al que le han tomado gran desprecio. Pero a mí no me parece suficiente, he pensado una solución que arreglará esto definitivamente y pondrá las cosas en orden.

Jueves 7 de enero 2021

Hoy en la mañana dimos la prueba de lenguaje, me fue más o menos, tengo la cabeza en otra parte y no me siento cómodo al estar rodeado de los compañeros que han sido la fuente de todos mis problemas. Me fue tan mal que ya puedo dar por finalizado el sueño de estudiar medicina.

Después de almuerzo nos tocó dar la prueba de ciencias y casi no respondí ninguna pregunta. Como el pueblo es chico y las salas para rendir la prueba son pocas, me tocó con Tomás a dos asientos de distancia, Fabiola dos asientos atrás mío y Lorena en un rincón. El solo hecho de sentir sus miradas en mi espalda era insoportable. Mañana voy a llegar temprano para tomar un buen asiento y ajustar cuentas.

Viernes 8 de enero 2021

Les enseñé una buena lección jajajaja.

Domingo 10 de enero 2021

Un mensaje para los que lean este diario. Parece que muchas veces los que hacen el mal se salen con la suya, e incluso me he dado cuenta de que tiende a ser la norma. Pero de vez en cuando llegan muy lejos y las consecuencias de sus actos les salpican.

Me voy orgulloso… es una hermosa tarde y el sol brilla dorado sobre las aguas del lago.

**El cuerpo sin vida de Miguel Ramírez fue encontrado en una playa escondida de "la isla". La causa de muerte fue por un disparo auto infringido en el corazón. El joven se refugió en este lugar durante dos días luego de haber disparado contra compañeros de curso durante la prueba de selección universitaria realizada el día ocho de enero. En el tiroteo fallecieron Tomás Kaiser, Lorena Salvatierra,*

38

*Fernando Urzúa, Fabiola Sepúlveda y Andrés González.
A un costado del cuerpo de Miguel Ramírez se encontró
este diario.*

LA ESTRELLA AZUL

"Lo cierto es que vivimos postergando todo lo postergable; tal vez todos sabemos profundamente que somos inmortales y que tarde o temprano, todo hombre hará todas las cosas y sabrá todo."

Jorge Luis Borges: *Funes el memorioso*

1

Eran pasadas las tres de la mañana y todo estaba a oscuras, solo la luz azulina del monitor iluminaba el pálido rostro de Anselmo, quien, manejado por hilos invisibles, había perdido la noción del tiempo hacía meses. La casa del anciano, emplazada en medio de la montaña, era minimalista. El fresco aroma que se respiraba en su interior y que parecía expandir los pulmones, era una mezcla entre artículos de limpieza, plástico y pinos. Casi no había objetos en la habitación; paredes blancas, una solitaria pero robusta planta, un escritorio de cristal con una silla negra y un confortable sillón de cuero de dos cuerpos, todo precisamente distribuido de forma armoniosa; la casa era silenciosa y lo único que se escuchaba era el sutil siseo del ventilador del computador y los dedos del viejo tecleando sin pausa.

De golpe, Anselmo dejó de digitar y murmuró un par de insultos para sí mismo. Luego de unos segundos tecleó un poco más y borró de inmediato, pensó unos instantes y volvió a digitar, para volver a borrarlo con violencia. Desganado se sacó las gafas y refregó sus ojos; luego con el vaho de su aliento humedeció los cristales para limpiarlos con un paño que estaba sobre su escritorio. Abstraído en sus pensamientos se puso de pie e inhaló hondo el aire de la habitación que le parecía cada vez más ajeno. Dio un par de vueltas por la sala y finalmente, con el peso de milenios encima, se dejó caer sobre el sofá. Luego de unos minutos meditabundos, volteó lentamente su cabeza hacia el monitor y vio montañas, riachuelos, aves y nubes; sintió orgullo al ver lo que había logrado; su creación era bella, coherente y vital. Una mímesis perfecta del mundo que lo rodeaba, su homenaje a la vida. Pero algo no encajaba; faltaba una chispa que lo animara todo, un soplo que le diera autonomía y lo hiciera *real*.

Ya cansado por su avanzada edad y aún divagando entre ideas, Anselmo se quedó dormido en el confortable sofá con la esperanza de que en sus sueños le fuera revelada alguna solución, como tantas otras veces había sucedido.

2

En medio de una noche de desierto y bajo un cielo estrellado, Anselmo dibujó con una varilla un círculo en la tierra y luego se sentó en su centro en posición de loto. En la oscuridad que lo rodeaba, comenzó a sentir la presencia de una poderosa criatura que lo acechaba y que no se acercaba lo suficiente como para ser vista. El viejo estiró sus brazos hacia adelante y agachó su cabeza en signo de rendición y, sin levantar la vista, sintió como la bestia se acercaba a él. Las pisadas eran fuertes y seguras, espesas como el petróleo y se detuvieron justo en el borde del círculo dibujado en la tierra. Al sentir la tibia respiración de la criatura golpear las palmas de sus manos, lentamente Anselmo comenzó a levantar su cabeza y a abrir sus ojos. Primero vio sus patas, con poderosas garras filosas como navajas, luego el pelaje dorado que se transformaba en frondosa melena, y luego los colmillos blancos como la sal. Finalmente vio esos ojos enormes que lo observaban fijamente, azules como un sol de helio, fulgurando, desbordados.

Anselmo tembló ante la presencia de semejante dios y solo se atrevió a mascullar lo primero que le vino a la cabeza.

—¿Qué hago ahora? —Pronunció vacilante—. Estoy confundido.

El león apartó su mirada y con parsimonia comenzó a rodear el círculo que Anselmo había dibujado en la tierra y, al pasar por su espalda, el felino rugió profundo, con grueso clamor. Anselmo sintió escalofríos en su nuca y pensó que desfallecía, pero logró contener el miedo y mantenerse alerta. El león siguió girando alrededor del círculo hasta que estuvo nuevamente frente a él.

—Vive de acuerdo con lo que dices creer y la paradoja estará completa —dijo el león y luego se abalanzó sobre Anselmo devorándole la cabeza.

3

Temblando de miedo y con su cuerpo helado de transpiración, Anselmo despertó abruptamente. Aún sentía las manos adormecidas y el cuello adolorido, y la imagen de ese enorme león mirándolo a los ojos seguía indeleble en su memoria. El sol ya aparecía tras las montañas y a través del gran ventanal se veían sus primeros rayos iluminando la quebrada que se perdía en el infinito.

Sentado en la cocina tomando desayuno Anselmo podía ver a lo lejos la pantalla de su ordenador que lo invitaba a continuar, pero el viejo aún intentaba comprender lo que le había sido revelado en su sueño: "Vive de acuerdo con lo que dices creer...", la frase aún retumbaba impregnada con el aliento a hierro del león, "y la paradoja estará completa". El mensaje se repetía una y otra vez en la cabeza del viejo, mientras bebía su café negro con tostadas.

En el balcón, desde donde se dominaba una vista fabulosa del valle que descendía, Anselmo respiró hondo el aire fresco de la montaña y luego encendió un cigarrillo. Le gustaba fumar en las mañanas, después del café, era el ritual diario que celebraba su confianza ciega en el libre albedrío, en que somos creadores de nuestro destino. Si Anselmo *creía* en algo, definitivamente, era en eso... "Tal vez a eso se refería..." pensó y luego apagó la colilla en el cenicero; no había tiempo para descansar, tenía que terminar el proyecto.

Se sentó frente a la pantalla y se arrojó a la finalización de su mundo simulado aún sin tener claro cómo seguir avanzando. Primero sus dedos teclearon ideas incoherentes, confusas, desconectadas de todo propósito, pero Anselmo no se rindió y a medida que siguió adelante, las conexiones se comenzaron a expresar, y lo que antes era confuso ahora era poesía y lo antes era incoherente ahora tenía pleno sentido. Sin embargo, las palabras del león aún hacían eco en su cabeza y, a medida que pasaban las horas, Anselmo sentía que todavía no las había podido comprender a cabalidad.

Justo a medianoche, cuando la casa se encontraba sumergida en la absoluta penumbra y rodeada del sonido de insectos nocturnos y del flujo incesante del arroyo, Anselmo tuvo una idea que en un comienzo le pareció descabellada, pero su experiencia le había enseñado que precisamente esas ideas eran las que terminaban siendo las más fecundas. Así que sin dudarlo y a pesar del cansancio que ya lo aquejaba, Anselmo decidió crearse a sí mismo dentro de la simulación. "Para homenajear la creación, todo debe estar incluido" pensó el viejo.

Primero diseñó el paisaje que lo rodeaba, que conocía como a su propio cuerpo, luego su casa, que él mismo había delineado junto a un arquitecto hacía más de treinta años y finalmente se creó a sí mismo, pero más joven, con cuarenta años menos encima, con mayor energía y vitalidad. La programación le tomó tres días completos sin descanso, pero el entusiasmo le impedía parar. Anselmo no estaba seguro, pero creía haber encontrado el sentido a la frase del león; para completar su proyecto tenía que crear un mundo que él considerase perfecto, sin excusas, sin concesiones, perfecto como la creación de Dios.

Cuando finalmente terminó de integrarse a sí mismo en su mundo simulado, Anselmo estaba desgastado pero orgulloso, dejó programada la inserción para que terminara de ejecutarse sola y, rendido, se fue a su dormitorio.

4

Anselmo se soñó sobre un pequeño e irregular pedazo de roca que viajaba por el espacio hacia una gigantesca pero lejana estrella azulosa.

Inserción 23%

A medida que el asteroide se acercaba al astro la velocidad se hacía cada vez más intensa y la temperatura aumentaba. No había donde arrancar, no había donde esconderse.

Inserción 34%

Anselmo poco a poco comenzó a sentir como su

cuerpo se quemaba y como el ardor se hacía cada vez más voraz. Y del ardor pasó a las llamas y de las llamas al dolor. Pero él no moría, su cuerpo era indestructible, solo había agonía… solo había dolor…

Inserción 49%

El monumental astro estaba cada vez más cerca y ocupaba prácticamente todo el campo visual, el impacto de Anselmo contra el enorme sol azulado era inminente.

Inserción 65%

Entonces Anselmo vio como la estrella se transformaba en el rostro del león y como este abría sus enormes fauces de fuego cerúleo para engullirlo.

Inserción 88%

El anciano al ser devorado sintió que él mismo era el fuego. Ya no había diferencia entre sujeto y objeto, todo era ardor y llamas.

Inserción 94%

El dolor fue uno… el fuego fue uno… el dolor fue sonido y se extinguió.

Inserción completada.

5

La cama estaba desordenada y transpirada; las almohadas arrojadas en el suelo, al igual que la lámpara del velador y un antiguo libro. Unos metros más allá estaba Anselmo desnudo, la luz de la luna iluminaba su tersa piel morena, sus brazos tonificados y sus muslos firmes. Su cabellera con incipientes canas ocultaba sus ojos que lentamente se abrieron.

Anselmo se puso de pie sintiendo su cuerpo adolorido, pero distinto. A pesar del cansancio, lo sentía más fuerte… más ágil. Entró al baño con dificultad, sujetándose de las paredes, y encendió la luz. Aún acalambrado se apoyó sobre el lavamanos y abrió el grifo del agua helada. Cuando puso las manos debajo del chorro y vio lo que había sucedido, con espanto levantó la vista para ver en el reflejo del espejo la verdad. "¡Es imposible!" (¿O no lo era?), "¡No tiene sentido!" (¿O sí lo tenía?) pensó Anselmo, y la frase del león se repetía como un mantra en su cabeza "vive de acuerdo con lo que dices creer y la paradoja estará completa", una y otra vez, espeluznante pero cierto. Anselmo había rejuvenecido, era el hombre que había sido hace cuarenta años, cuando la vida aún se le presentaba como un camino por recorrer. El "Anselmo" que estaba frente a sus ojos era el "Anselmo" de su mundo simulado.

Sin vestirse y ágil como un felino, el joven se sentó frente al ordenador y vio la belleza de su creación. Era autónoma, auto contenida y armoniosa, su simulación era perfecta; un homenaje definitivo a la creación divina. Con emoción se vio dentro de la simulación, haciendo su vida normal, absolutamente ignorante a la realidad que lo rodeaba, que, en esencia, era solo código programado.

Fue entonces, mientras Anselmo se observaba a sí mismo dentro de la simulación, que las palabras del león le hicieron perfecto sentido. Anselmo pensó: "Si soy el creador de mi realidad… ¿Soy el creador de todo?" un escalofrío le recorrió la espalda "He perdido la razón" pensó, y por unos segundos, un miedo helado le paralizó las

46

extremidades. Luego con demencia miró sus brazos rejuvenecidos y pensó "Soy el creador... soy Dios" e invadido por una enceguecedora locura se sentó frente al ordenador para dar rienda suelta a su delirio.

6

Al cabo de incontables años, cada deseo, anhelo, perversión, inquietud o interés que un hombre puede tener, Anselmo lo satisfizo. Cada camino fue recorrido y explotado, llevado a su máxima expresión y agotado hasta la última gota; su alma fue exprimida.

Anselmo, arrepentido y condenado a la infinita soledad de Dios, comenzó silenciosamente a destruir todo lo que había creado y a reconstruir el mundo desde el cual todo había comenzado. Reconstruyó el planeta con sus paisajes y animales; la geografía y las estaciones. La humanidad con su enternecedora imperfección, su casa en la montaña y finalmente a él mismo, con la edad que tenía cuando su delirio había comenzado.

Al finalizar, Anselmo se sentó en el rincón de la habitación a observar la pantalla del ordenador que brillaba azulosa a la espera de sus órdenes. Pero el viejo estaba paralizado, no quería cambiar nada, no quería imponer su voluntad ni en el más mínimo detalle, paradójicamente, su única intención era anular sus intenciones. No quería más libre albedrío, no quería ser más dueño de su destino, no quería esa responsabilidad, ese peso... añoraba la ignorancia de los días en que estaba seguro de que era un simple hombre, quería dejarse llevar como una hoja sobre el torrente de un enorme río... libre. Sus ojos secos ya no lloraban, su corazón no se agitaba, no quedaba nada más que una cáscara vacía, la simulación de un hombre. Cansado, con el peso de un millón de años encima, se durmió.

7

No había soñado hacía mucho tiempo. Entregado al frenesí de un dios extasiado con su existencia sin límites, la conciencia de Anselmo había dejado de visitar los mundos inconscientes. Sin embargo, esa noche el león lo visitó nuevamente.

Frente al mar, descalzo en una pequeña playa de arena blanca, rodeado de murallas vegetales que se elevaban por cientos de metros hacia el cielo, Anselmo miraba el suave oleaje que incansable iba y venía. Desde el océano, que se extendía infinito frente a él, emergió la silueta acuosa del león, quien con paso firme rodeó al anciano y se paró a su lado. Anselmo cerró los ojos para intentar disfrutar la suave brisa marina que le acariciaba el rostro, pero no sintió nada, no quedaba nada.

Luego de compartir unos segundos de sagrado silencio, el león habló.

—No era lo que esperabas —rugió el león al mismo tiempo que sacudía su melena dorada.

—Solo quiero desaparecer —murmuró Anselmo.

—Tú sabes que eso es imposible… —el león miró de reojo a Anselmo con sus fulgurantes ojos azules. —Ahora que sabes la verdad tu responsabilidad es decidir, ya no eres un niño.

—¡Qué clase de broma es esta! —Gritó repentinamente enfurecido Anselmo —¿Una eterna masturbación autocomplaciente?

—Si eso es lo que quieres que sea, eso será ¿Acaso no eres Dios?

Anselmo, luego de tantos años de vacío, se sintió sorprendido al sentir nuevamente una chispa en su interior.

—Si me matas, solo estás negando una parte de ti mismo —dijo el león. Pero Anselmo, enceguecido por la satisfacción de sentir algo nuevamente, se dejó llevar por la ira y con un rayo fulminante acabó con la vida del imponente felino, que cayó de rodillas doblegado, como un sirviente que se inclina ante su amo.

Desde el horizonte una ola de proporciones apocalípticas comenzó a barrer con todo. Anselmo, soberbio e inamovible, esperó el impacto de pie en la orilla de la playa.

8

Anselmo despertó en el suelo, tirado en un rincón de su casa. La ira y la soberbia que hace unos instantes lo habían movido a matar al león, poco a poco comenzaron a transformarse. Anselmo observó atento el flujo de su sentir que, como una pluma que cae oscilante hacia su destino final, deambulaba de un estado a otro; de la ira, a la pena, luego a la ira nuevamente, luego a la decepción, a la vergüenza, al miedo y la resignación. Finalmente, la pluma terminó su descenso y Anselmo solo sintió un anhelo profundo de redención.

Con las escasas fuerzas que le quedaban, el viejo se acercó al ordenador que esperaba recibir sus mandatos divinos. Los arrugados dedos del anciano lentamente escribieron su último código, la última voluntad de Dios.

9

En el centro del universo, irradiando su energía a todos los seres, Anselmo se transformó en un enorme sol azulado. Pasó eones contemplando y experimentando el juego de la vida, fragmentándose para alimentar la existencia de infinitos seres, absolutamente solo en su divina totalidad, viviendo un eterno desgarrarse en búsqueda del perdón que nunca arribó.

Finalmente, cuando el cosmos llegó a su frío fin y todo cuando existía había cesado, un ínfimo destello de luz emanó la última fuente de calor de todo el universo. Era Anselmo que moría.

Y cuando el tiempo desapareció y solo hubo la nada, Dios finalmente encontró lo que buscaba: el olvido.

Y todo volvió a comenzar.

EL VALIENTE ARTURO PRAT

A mis abuelos

1

Ambos abuelos esperaban en perfecto silencio cuando Gabriel entró al comedor. Eneas se puso de pie con esfuerzo, encendió su audífono y abrazó a su nieto con fuerza; un leve sonido de acople sonó en su oído.

—Qué bueno que viniste muchacho, estamos muy solos. —Dijo Eneas con emocionada sonrisa.

Helena se quedó sentada en su silla de ruedas y miró con ojos perdidos a Gabriel, quien se agachó para abrazarla con cariño.

—¡No te vayas! —Dijo Helena con una voz temblorosa y sufriente.

—No se preocupe abuelita, vengo llegando. —Respondió cariñosamente Gabriel.

El joven se sentó en la mesa y acomodó la servilleta de género sobre sus muslos, luego tomó una botella de agua helada y se sirvió un vaso.

—¿No quieres una cerveza? —Comentó el abuelo,

que ya tenía su vaso servido.

—No gracias Tata, prefiero agua, el alcohol no me hace bien.

Helena hizo sonar una campanilla de bronce que estaba a un costado suyo y a los pocos segundos Rosita entró presurosa al comedor con una bandeja de plata equilibrando un par de platos con sopa de pollo.

Mientras se servían la sopa solo se escuchaban los sonidos de las cucharas golpeando el fondo del plato y el sorbeteo de Helena que, con su temblorosa mano, intentaba con dificultad no dejar caer el contenido de la cuchara. Gabriel, con la intención de romper el incómodo silencio, le preguntó a su abuelo por una vieja historia que había escuchado, con lujo de detalles, cientos de veces.

—Tata… ¿Se acuerda la vez que naufragó en Algarrobo? —El anciano miró con extrañeza a Gabriel intentando recordar la anécdota, luego de unos segundos sus ojos se iluminaron con un juvenil destello.

—¡El valiente Arturo Prat! —Gabriel rio con ganas al ver el entusiasmo con que su abuelo recordaba el antiguo episodio de su vida.

—Sí, esa Tata, cuéntemela.

Helena miró a Gabriel con cara de asombro y luego a su marido de más de sesenta años de matrimonio.

—¿Cuándo naufragaste? —Dijo Helena con lágrimas en sus ojos. —No me acuerdo, no me acuerdo de nada—. Y tristemente lloró por unos instantes hasta que rápidamente olvidó la razón por la que lloraba y su mirada opaca reapareció; una mirada que era una mezcla entre asombro y miedo.

—El valiente Arturo Prat ¿Tú te sabes esa historia? —Dijo Eneas a su nieto, quien simulando no recordarla, negó con la cabeza.

—No Tata, no me la ha contado —dijo Gabriel.

Eneas comenzó a esforzarse por recordar los detalles del naufragio, pero era evidente que su cerebro ya no era la prodigiosa máquina que había sido cuando era joven; cuando calculaba grandes proyectos de ingeniería que aún seguían en pie a lo largo y ancho de todo el país.

—¿Hace cuánto que no nos veíamos? —Dijo Helena con el ceño fruncido.

—Hace mucho tiempo que no venía abuelita —contestó Gabriel con un poco de vergüenza.

—Que ingrato… —le reprochó Helena a su nieto—. ¿Tienes hijos?

—No abuelita, y veo difícil que vaya a tenerlos alguna vez.

—¡Bah! Las tonteras que dices. —Y Helena sonrió mostrando su descuidada dentadura.

—La lancha se hundió por el lado del motor, quedó así… —Eneas había tomado un cuchillo que inclinaba en cuarenta y cinco grados para explicar cómo había quedado la lancha semi hundida—. Estábamos muy lejos de la orilla y se estaba haciendo de noche, me acuerdo que hacía mucho frío y que el pueblo se veía como unos puntitos luminosos a lo lejos en el horizonte.

—¡No te vayas! —Dijo Helena soltando unas desesperadas lágrimas que se esfumaron tan veloces como llegaron.

—No se preocupe abuelita, vengo llegando —dijo Gabriel con ternura.

—El valiente Arturo Prat… —dijo para sí mismo Eneas—. ¿Te conté la historia del valiente Arturo Prat?

—No Tata, cuéntemela.

—¡El romance se acabó al tiro! —Dijo Eneas riendo con fuerza—. Era muy maricón.

—¿Quiénes iban en la lancha? —Inquirió Gabriel, aunque sabía perfectamente quienes eran los tripulantes.

—Bueno estaba yo, el valiente Arturo Prat, Pato creo que se llamaba… su novia, con la que se casaba en un par de meses y la hermana de la novia. La lancha se hundió por la parte del motor y quedó solo la punta a flote, los cuatro nos acercamos nadando a la punta y nos quedamos sujetados esperando que alguien viniera a rescatarnos.

—¿Cuándo naufragaste Eneas? —Preguntó Helena a su marido que, hacía varios años atrás, ya había dejado de contestar sus preguntas.

—Sí abuelita, el Tata naufragó en Algarrobo hace mucho tiempo y usted se preocupó porque no llegaban y les avisó a los pescadores para que los fueran a buscar, si usted no les hubiese dado aviso, lo más probable es que los cuatro hubiesen muerto.

—¿Ah sí? No me acuerdo… ¿Estás seguro? —Comentó con sospecha Helena, quien ya había dejado de comer la sopa que se había enfriado. La campanilla de bronce sonó fuerte y Rosita entró a retirar los platos usados.

—Era muy maricón… ¡El romance se acabó al tiro!

—Ya Tata siga contando la historia, estábamos en que estaban todos sujetados de la punta de la lancha que había quedado a flote.

—Ah sí, claro… y se hizo de noche, y empezó a hacer cada vez más frío, corría viento fuerte y el oleaje se empezó a picar. Las dos chiquillas lloraban y yo trataba de calmarlas y el Arturo Prat, en vez de ayudar, gritaba desesperado "¡No me quiero morir, no puede estar pasando esto!" y con cada grito que daba, más asustaba al par de chiquillas. Me tuve que acercar a él y pegarle un par de cachetadas para que dejara de gritar el muy maricón…

—Cuidado que viene muy caliente —dijo Rosita, que traía en la bandeja unos platos de fetuccini con salsa boloñesa.

—¿Tienes hijos? —Dijo Helena mirando a Gabriel

con perdida esperanza.

—No abuelita, no tengo —respondió compasivamente Gabriel.

—Qué pena… —dijo Helena y luego intentó recordar a sus propios hijos—. A nosotros nuestros hijos no nos vienen a ver nunca, ingratos.

Eneas comía su plato de pastas con entusiasmo, luego tomó su vaso de cerveza y se lo bebió completo. Se quedó pensativo un par de segundos y rio con ganas.

—El valiente Arturo Prat… ¿Te sabes esa historia?

—Sí Tata, me la estaba contando, íbamos en que tuvo que pegarle al Arturo Prat para que dejara de gritar.

—Es que era muy maricón.

—Siga… qué pasó después.

—Ya… estaba de noche y hacía mucho frío, y el Arturo Prat empezó a decirme que lo despidiera de su mamá, que quería que lo cremaran y lo enterraran junto a la tumba de su padre, yo le tuve que pegar de nuevo un par de puñetes para que dejara de mariconear, le dije que no se echara a morir, que podíamos aguantar, aunque en el fondo yo igual tenía miedo, pero no es de hombrecitos andar llorando de esa forma.

—No sabía que habías naufragado… ¿Estás seguro? —Dijo Helena, que no había tocado su plato de fetuccini y solo había bebido su vino blanco dulce—. Yo creo que me están mintiendo ¿Me estás mintiendo? Tú… —Helena un poco avergonzada por su falta de memoria se excusó al no recordar el nombre de su nieto—. Es que estoy muy vieja, perdóname.

—¡Y se acabó el romance! —Rio con fuerza Eneas—. La lancha quedó semi hundida con la punta afuera y la parte del motor hundida.

—Sí Tata, estábamos en que no llegaba nadie a rescatarlos y usted empezó a preocuparse.

—Ah sí, claro, entonces las chiquillas ya habían dejado de llorar y el Arturo Prat también se había callado, no sé cuánto tiempo habrá pasado, pero ese silencio fue lo peor. Solo se escuchaba el oleaje y como golpeaba contra lo que quedaba a flote de la lancha. Me acuerdo de que... —Eneas divagó mentalmente unos segundos hasta que pudo reencontrar el hilo de la narración nuevamente— menos mal que había luna llena y no estábamos totalmente a oscuras. En eso vimos que desde Algarrobo unos botes habían salido, se veían las luces de sus faroles iluminando, estaban lejos, pero existía al menos una posibilidad de que nos encontraran.

—¡No te vayas! —Interrumpió Helena con un fuerte llanto—. Están pasando cosas muy feas acá, no me dejes sola ¡No te vayas! —Helena sacó un pañuelo que tenía escondido en la manga de su chompa de cachemira y comenzó a secar sus lágrimas.

—Acá estoy abuelita, no me voy a ir todavía.

Eneas ya había acabado su plato de pasta y Helena no había tocado el suyo, pero la botella de vino dulce ya estaba a la mitad. La campanilla de bronce sonó y Rosita entró para retirar los platos de la mesa.

—¿Cómo se llaman tus hijos? —Dijo Helena sonriendo esperanzada.

—No tengo hijos abuelita.

—Bueno eres joven todavía, puedes ser papá hasta viejo, no es como una que tenía que ser mamá joven. —Por unos segundos la mente de Helena divagó en pensamientos confusos y luego comentó amargamente—. A nosotros nos tienen botados, nadie nos viene a ver —Helena comenzó a llorar, pero casi como si fuese un espasmo y a los pocos segundos el llanto se había marchado sin dejar ningún rastro de su presencia.

—¡Y se acabó el romance! —Rio con ganas Eneas.

—Ya Tata termine la historia, estábamos en que los pescadores los andaban buscando.

—Ah sí… uno de los botes, que eran como seis o siete, se empezó a acercar a donde estábamos nosotros, que, sin mentirte, estábamos bien mal, hacía demasiado frío y probablemente no íbamos a aguantar mucho tiempo más. Empezamos a gritar con nuestras últimas energías, intentando sobreponernos al fuerte sonido del viento y las olas. Yo creo que no nos escuchaban, pero tuvimos suerte, porque el barco se acercaba directamente hacia nosotros.

Rosita entró con una fuente llena de distintas frutas picadas y la puso al centro de la mesa, entregó un plato a cada uno con un tenedor para compartir. Helena comió con ganas todo lo que no había comido del almuerzo y Eneas no tocó la fruta.

—Muchacho ¿Quieres una cerveza?

—No gracias abuelo, estoy bien con el agua.

Helena estiró su mano para que Gabriel la tomara, y él así lo hizo. Su abuela comenzó a sollozar y con su mano libre secó sus ojos de los cuales ya no salían lágrimas.

—¡No te vayas!

—No se preocupe abuelita, hoy vine especialmente a verlos a ustedes.

—Mis hijos no vienen nunca… son unos ingratos.

—Abuelita, ayer vino mi papá a verla ¿No se acuerda? —Helena soltó la mano de su nieto y lo miró con desconfianza.

—No me mientas, estaré vieja pero no soy tonta… No ha venido… —la mirada de Helena nuevamente se extravió en el laberinto de su deteriorada mente intentando recordar el nombre de su hijo. Gabriel tomó un cuaderno y un lápiz que estaban a un costado de la mesa y, con paciencia, le comenzó a dibujar un árbol genealógico a Helena.

—¿Quieres ir a descansar un rato? —Comentó

Eneas, que implícitamente buscaba la excusa para poder marcharse él a dormir.

—Sí Tata, no se preocupe, si quiere vaya a acostarse.

—Sí, en un rato más mijito.

Rosita entró al comedor con la bandeja de plata y retiró todos los platos, solo quedó sobre la mesa la copa de vino y el cuaderno que Gabriel le había pasado a su abuela con el árbol genealógico de la familia que ella revisaba con curiosidad. Eneas rio fuerte.

—¿Te conté la historia del valiente Arturo Prat? —Comentó Eneas con entusiasmo.

—Cuénteme el final Tata, cuando los rescataron.

—¿Pero el resto de la historia te la sabes?

—Sí Tata, pero el final es la parte buena, cuéntemela.

—Bueno… estábamos sujetados de la parte que quedó a flote de la lancha, porque se había hundido solo la parte donde estaba el motor —Gabriel asentía, entusiasmado por el hecho de ver a su abuelo contento, más que por el final de una historia que conocía de memoria —y llegó un bote pescador al naufragio, fue prácticamente un milagro, si no hubiese sido por la luna llena, no nos hubiesen encontrado nunca. Cuando el bote llegó a un costado de la lancha hundida el primero que saltó al abordaje fue el valiente Arturo Prat, no le importó que hubiese mujeres y que una de ellas fuera su prometida, el muy maricón fue el primero en saltar —Eneas rio fuerte recordando el episodio— y hasta ahí llegó el noviazgo, la muchacha le pegó un par de cachetadas y le dijo que se olvidara de ella para siempre. Y eso fue… muy maricón el Pato, creo que así se llamaba, de ahí en adelante cada vez que lo veíamos le decíamos el valiente Arturo Prat.

—Pero me acuerdo de que el bote era muy chico y no cabían todos ¿No? —Comentó Gabriel, intentando que su abuelo recordara el final de la historia que el abuelo parecía haber olvidado. Los ojos de Eneas brillaron con emoción al desempolvar el verdadero final de su historia.

—¡Claro! Me quedé solo... —los ojos de Eneas se humedecieron al recordar ese momento.

—No entiendo, que son estos nombres ¡No entiendo nada! —Dijo Helena que, luego de algunos minutos de mirar el árbol genealógico, aún no descifraba lo que estaba mirando.

—Es su familia abuelita. Usted con el Tata tuvieron tres hijos. La Claudita murió cuando era chica, creo que tenía como cinco años. —A Helena se le deformó el rostro y lloró con profunda pena al darse cuenta lo deteriorada que estaba su mente. Era inconcebible que no recordara a su hija fallecida.

—Claudita... claro mi amor... murió a los seis años mi niña hermosa. —Al pasar unos segundos el llanto se había esfumado junto con la memoria de su hija.

—Bueno y tuvo a Alfonso, que es mi papá y a Gabriela que es mi tía. Alfonso tuvo dos hijos, Marco Antonio, que es mi hermano mayor y Gabriel, que soy yo. La tía Gabriela tuvo tres hijas: Fernanda, Catalina y Constanza. Y no le puse los bisnietos que son siete.

Helena tocaba con sus dedos deformados por la artrosis los nombres de cada uno de los integrantes de su familia. Parecía que intentaba acariciarlos, volverlos a reunir, como tantas veces lo estuvieron en su casa, en torno a un árbol de navidad, celebrando un cumpleaños o simplemente por el placer de estar juntos. Pero esos tiempos ya se habían ido, imposibles de recuperar, ni siquiera por la memoria.

—Ya muchacho, me voy a descansar... —dijo Eneas al mismo tiempo que se ponía de pie y tomaba su bastón.

—Antes que se acueste Tata, cuénteme que pasó cuando se quedó solo en alta mar. —Gabriel había escuchado esta historia mil veces, pero nunca se cansaba de oír el final de la boca de su propio abuelo, siempre aparecía un nuevo detalle que antes no había mencionado, o que, con el tiempo, había recordado.

—¡Ah claro! El problema era que el bote era chico y cabían solo tres personas, uno se tenía que quedar esperando en el agua a que volvieran a buscarlo. Y se fueron no más, el Arturo Prat, que fue el primero en saltar el muy maricón, con las dos chiquillas. Me quedé agarrado a la punta de la lancha que flotaba mientras veía como se alejaba el bote, y supe que no iba a poder soportar hasta que llegaran a rescatarme. Hacía demasiado frío y corría un viento maldito que no daba tregua. Me saqué el cinturón y como pude me amarré a los restos de la lancha porque sabía que no iba a aguantar mucho tiempo más despierto. Y de repente el frío se empezó a diluir, sentí que mi cuerpo desaparecía y con él toda sensación de dolor y apego. De hecho, una sensación suave de calor comenzó a acogerme, como una vibración eléctrica que me atraía sin que yo pudiera hacer nada para evitarlo. Y bueno, ahí fue cuando morí y vi lo que hay al otro lado. Es complicado de describir, pero tienes la opción de desaparecer y fundirte con esa vibración o seguir *siendo tú*, con las alegrías y dolores que eso trae. Yo había decidido desaparecer, pero cuando me estaba fundiendo con esa energía sentí me jalaron hacia seguir *siendo yo*, una, dos, tres veces, hasta que desperté. Un pescador estaba echándome agua caliente en el cuerpo y luego me abrigó con una manta. Eso fue muchacho, ese fue el día que morí.

—Me encanta esa historia Tata. Ya váyase a descansar. —Gabriel se puso de pie y le dio un beso en la mejilla a su abuelo quien se fue lentamente y arrastrando las pantuflas hacia su dormitorio.

—Abuelita ¿Usted también va a descansar?

Helena levantó la vista de los nombres escritos en el papel y miró con sospecha a Gabriel.

—¿Y tú quién eres?

—Soy Gabriel, su nieto, el hijo de Alfonso.

—No te veía a hace tiempo... ven más seguido —dijo Helena que estiró su mano para tomar la de su nieto.

—Bueno abuelita —dijo Gabriel, que apretó con fuerza la pequeña y suave mano de su abuela.

Rosita entró al comedor y tomó la silla de ruedas.

—Ya señora Helena nos vamos a descansar.

—Descanse abuelita, nos vemos en un rato más.

—¡No te vayas! —dijo Helena al mismo tiempo que sacaba el pañuelo debajo de su manga y secaba sus ojos. Gabriel tiro un beso al aire que ella no alcanzó a ver.

2

Ambos abuelos dormían en camas separadas en medio de la anaranjada penumbra que inundaba la pieza. Un haz de luz de ocaso que se colaba entre las cortinas iluminaba la espalda de Gabriel, que, con paciencia angelical, los observaba amorosamente mientras descansaban. Como saliendo de un ensueño el joven recordó mirar su reloj y al darse cuenta de que ya era la hora de irse, se puso de pie entre las dos camas y contempló con ternura a sus abuelos.

—Abuelita... Tata... —dijo Gabriel con voz firme. Ninguno pareció reaccionar ante el llamado de su nieto, quien volvió a mirar su reloj y reiteró el llamado con volumen más elevado.

—¡Abuelita! ¡Tata!

Ambos ancianos lentamente volvieron a la vigilia y se acomodaron para mirar a su nieto que estaba de pie frente a ellos.

—Qué pasa mijito —dijo Eneas.

—Me tengo que ir Tata —dijo Gabriel con sus ojos humedecidos.

—¡No te vayas! —dijo Helena al mismo tiempo que hacia la mueca de un llanto seco.

—¿De verdad no se acuerda de mí Abuelita? Nos queríamos tanto… —dijo Gabriel justo antes de mirar el reloj por tercera vez. Helena muy acongojada lo miró con una mezcla de nostalgia y vergüenza.

—Usted sabe que la Abuela ya no anda bien —dijo apuntando con el índice a su sien.

—Soy su nieto Gabriel abuelita.

—Gabriel… Gabriel… —intentó recordar Helena, pero no pudo —¡No te vayas!

—Tranquila abuelita, no se preocupe, nos vamos juntos.

Al escuchar esta frase, Eneas se acomodó en su cama hasta quedar apoyado en el respaldo de su cama, y a medida que su deteriorada memoria funcionaba a toda máquina recordando por última vez, sus ojos se agrandaron cada vez más, en una mezcla de asombro y alegría.

—¡Mijito! Usted fue el que murió en el accidente —dijo Eneas que, emocionado y con dificultad, apenas contenía las lágrimas.

—Sí Tata, hace ocho años atrás… —dijo Gabriel y giró su cabeza hacia la cama donde estaba su abuela— hoy vine a buscarlos.

—¡Qué maravilla! —dijo Helena aplaudiendo como una niña pequeña —¿Y está mi mamá?

—Están todos.

Los tres se miraron en silencio en la sombría habitación, ajenos a toda faena del mundo que seguía su frenético pulso indiferente a ellos. Gabriel se arrodilló entre las dos camas y tomó la mano de Helena quien parecía extrañamente rejuvenecida, y luego Gabriel estiró su otro brazo para tomar la mano de Eneas, quien apretó firme la mano de su nieto.

—Ahora… la pregunta del millón… quién va a ser el valiente Arturo Prat… —dijo Gabriel mirando a ambos. —Quién es el primero en lanzase al abordaje.

—Este es un verdadero Arturo Prat eso sí… ¡Valiente!

—Como tiene que ser pues Tata.

—Ya pues muchacho, si sabes la respuesta… yo le preparo el camino a tu abuela, no es territorio ajeno para mí.

Helena se acomodó en la cama y miró a su compañero de tantos años partir. Eneas miró a su esposa y le guiñó un ojo como tantas veces lo hizo cuando joven y, lentamente, bajó sus párpados con una leve sonrisa en su rostro.

—Ya abuelita… ¿Vamos? Estamos un poco atrasados —dijo Gabriel tranquilamente.

—No te fuiste… —dijo suavemente Helena con una sonrisa coqueta en sus labios, a medida que se cerraban definitivamente sus ojos.

LOS OJOS QUE LLORABAN

No hubo una explicación racional que iniciara el asunto, no hubo un golpe, ni una infección; tampoco fue algo sicológico, como una situación traumática o un exceso de estrés; simplemente, de un día para otro, los ojos del Sr. Palma comenzaron a llorar.

Todo comenzó una espesa tarde de otoño; era un día bochornoso de gruesas nubes grises y un pegajoso calor tropical. El Sr. Palma había terminado su turno como conserje de un antiguo edificio del centro de la ciudad y caminaba hacia el paradero donde todos los días tomaba el bus que lo llevaba a su casa en la periferia. Durante más de quince años había hecho el mismo recorrido y conocía perfectamente cada rincón de la ruta que lo llevaba al paradero; conocía cada puerta y ventana, cada enredadera que asomaba entre las rejas y cada imperfección en la vereda. Sin embargo, la certera expectativa de lo que vería a medida que caminaba se vio alterada por una escena que lo cambió todo.

En el vano de una ventana un gato atigrado de

colores térreos y ocres descansaba con su cabeza apoyada en sus dos patas. El Sr. Palma quedó paralizado ante la escena, "no tiene nada de especial" pensó, pero no podía dejar de mirarlo con el detenimiento con que una madre mira cada gesto de su hijo recién nacido. Vio su suave pelaje ornamentado con destellos dorados, el leve movimiento de su cuerpo al vaivén de su acompasada respiración y la punta de su cola que cada cierto tiempo se movía ágilmente como si tuviese vida propia. Fue entonces cuando cayeron las primeras lágrimas, sin una emoción que las motivara, sin un sentimiento que las invitara a salir, así de golpe, las gruesas gotas salinas comenzaron a emerger.

El Sr. Palma tocó con la punta de sus dedos las mejillas húmedas y se sintió desagradado ante tan incómodo fenómeno, y luego, preocupado ante el constante flujo, sacó de su bolsillo un pañuelo para limpiarse; un pañuelo que en los días venideros se transformaría en uno de sus más prácticos utensilios.

El gato, al sentir la presencia del Sr. Palma, abrió sus ojos y lo miró con una expresión de soberbia indiferencia y, molesto por el escrutinio de este enjuto conserje, desapareció con elegancia tras la cortina.

Varios días pasaron luego del incidente en que el Sr. Palma lloró involuntariamente por primera vez y el recuerdo de esa tarde de otoño pasó a formar parte de ese enorme grupo de acontecimientos intrascendentes que atiborran los recovecos de la memoria. Es así como el Sr. Palma olvidó el asunto y aletargadamente se sumergió en la estricta rutina con la que cada mañana comenzaba su jornada laboral. Primero ordenaba sus artículos personales y se preparaba un café, luego barría el recinto y, cuando correspondía, sacaba los contenedores de basura para que fueran retirados por la empresa recolectora. A continuación, entregaba la correspondencia en cada departamento y finalmente se instalaba en su caseta a controlar el acceso al recinto. Cuando caía la tarde, un par de horas antes de regresar a su hogar, tres veces por semana, el Sr. Palma regaba algunas plantas del recinto y fue allí cuando sucedió el evento por segunda vez.

El edificio tenía en la zona posterior una amplia piscina y frondosas áreas verdes, todo estaba automatizado y el Sr. Palma solo tenía que regar una hilera de maceteros que tenían que ser hidratados de forma manual. Mientras lo hacía vio a lo lejos que a un costado de la piscina había un pequeño objeto olvidado en el pasto. Dejó la manguera corriendo dentro de la maceta y fue a revisar qué era el extraño bulto. Cuando estuvo más cerca y pudo identificar su forma, su cuerpo se paralizó ante la escena y, como era de esperarse, sus rebeldes ojos comenzaron a llorar.

Sobre el césped había un pequeño carro de bomberos metálico al que le faltaba una rueda y cuya pintura estaba un poco roída. Las molestas lágrimas salían sin control y empapaban el rostro del conserje. El Sr. Palma sacó su pañuelo y apretó con fuerza sus lagrimales esperando con esta acción detener la constante emanación del fluido, pero fue en vano. Cuando sus ojos finalmente dejaron de llorar, el pañuelo había quedado completamente empapado y el Sr. Palma, muy ofuscado, se devolvió hacia la manguera que ya estaba rebalsando de agua el macetero donde la había dejado.

Con este segundo incidente el Sr. Palma confirmó que definitivamente algo extraño estaba pasando y que tenía que haber alguna *razón* para esto. Visitó a un par de oftalmólogos que no supieron dar una explicación certera al extraño caso y a un psicólogo que tampoco pudo darle una respuesta convincente. A su pesar, los incidentes se hicieron cada vez más frecuentes, hasta que se estabilizaron en una frecuencia de uno diario. Al Sr. Palma lo avergonzaba esta situación ya que consideraba a las personas emocionales como débiles y escasas de pensamiento. Sentía que el llanto era un acto cursi, de falsa profundidad, donde solo se pretendía, pero nunca se conseguía, algo sustancioso, algo que fuese al menos cercano a lo verdadero. A pesar de que el llanto le llegaba sin emoción o sentimiento alguno, el simple hecho de que sin su consentimiento sus ojos se rebelaran y decidieran humillarlo de esta forma, le parecía sumamente desagradable. Muy angustiado por la situación que lo aquejaba, el Sr. Palma decidió tomar en sus propias manos la solución del asunto y tuvo la idea de llevar una bitácora (que bautizó como "diario de eventos"), donde anotaba con detalle cada uno de los incidentes, con la esperanza de encontrar algún *sentido* a todo esto.

En el diario se fueron acumulando una serie de relatos que narraban las características de las escenas que hacían llorar al Sr. Palma. Eran eventos absolutamente dispares: la foto en un periódico de un encuentro de presidentes, la abuela del piso nueve tropezando con una baldosa suelta, una brisa fresca en la mañana al salir de su casa, el olor a fritura de un carro de sopaipillas; la lista continuaba y día tras día se hacía más larga. Felizmente el Sr. Palma era un hombre en extremo solitario, no tenía familia ni amigos, por lo que su creciente obsesión con el fenómeno no afectó a nadie cercano. Comenzó a escribir en su diario los eventos que le producían lágrimas con minucioso detalle, se pasaba horas escribiendo, ya que pensaba que tal vez de esta forma emergería espontáneamente una explicación; una conexión que ordenara la disparidad de los eventos que lo hacían llorar. En un par de ocasiones, cuando creyó haber encontrado una respuesta que explicaba el fenómeno, volvía a sumarse un nuevo caso que no calzaba en absoluto con la teoría que había desarrollado; y todo volvía comenzar.

Sin pretenderlo, el Sr. Palma comenzó a desarrollar en la escritura de su bitácora un estilo literario exquisito. Construía hermosas imágenes, rescataba detalles menospreciados e imbuía a cada escena con un aire sobrio pero profundo que embellecía su prosa. Poco a poco la satisfacción de estar escribiendo el diario superó las molestias que causaban las lágrimas; inclusive el Sr. Palma ahora esperaba ansioso cuál sería el próximo cuadro que despertaría su incontenible llanto para incorporarlo a su creciente colección de relatos.

Meses después, en una brillante mañana de primavera, se le encargó al Sr. Palma realizar un trámite a unas cuantas cuadras del edificio donde trabajaba. Cuando se encontraba haciendo fila en el banco a una hermosa señorita se le cayó accidentalmente un lápiz al suelo. Cada golpe que el lápiz dio en el marmoleado piso sonó como el bosquejo de una melodía celestial. El Sr. Palma sacó su fiel pañuelo para secar las lágrimas y finalizado el trámite bancario se sentó en un café cercano a escribir lo que había visto. La satisfacción que le traía escribir estas escenas estaba llenando un enorme vacío en su vida, era solo cosa de ver la honesta sonrisa que tenía su rostro cada vez que se abstraía escribiendo en su diario.

Cuando llegó de vuelta al edificio se fue de lleno a realizar las tareas cotidianas que, debido al trámite matutino, estaban un poco atrasadas. Al finalizar sus deberes se instaló en la caseta y con entusiasmo quiso revisar lo que había escrito hoy en el "diario de eventos". Un golpe frío recorrió su delgado cuerpo cuando se dio cuenta que su diario no estaba, el cierre de su mochila estaba dañado y probablemente se le había caído cerca del café. Sin pensarlo, abandonó su puesto de trabajo y corrió en dirección al local, buscando ansiosamente en cada rincón del camino; sin embargo, llegó a la cafetería sin novedad. El joven mesero que lo había atendido le dio las respectivas disculpas del caso y le comunicó que lamentablemente no había visto su diario. El Sr. Palma se devolvió cabizbajo al edificio pensando en todo el trabajo que había perdido y lo azarosas que pueden ser las circunstancias que cambian el rumbo de la vida de un simple conserje. Repentinamente un abrumador sentimiento de angustia lo invadió; "alguien va a leerlo" se dijo. Nunca se había sentido tan vulnerable, tan expuesto y a cada minuto que pasaba la sensación se hacía más insoportable. La idea de que un extraño leyese sus textos era inconcebible, esa nunca había sido su intención, solo era un proyecto que buscaba entender el porqué de sus incontenibles lágrimas, nada más. Con el paso las horas el Sr. Palma se fue tranquilizando y pudo pensar con mayor claridad. El cuaderno estaba gastado y sucio, "era realmente una porquería" se dijo, y se dio cuenta que probablemente el diario había terminado en la basura o incinerado en los fuegos de un brasero.

Unos días más tarde, en una fresca y colorida mañana posterior a la lluvia, el Sr. Palma tranquilamente caminaba hacia su trabajo y pasó frente a la cafetería donde había extraviado el manuscrito. El joven mesero que lo había atendido el día del extravío salió corriendo para interceptarlo y con alegría le comunicó al Sr. Palma que su manuscrito había sido encontrado por una simpática señorita quien, amablemente, le había dejado un número de teléfono para que se contactara con ella. El miedo lo invadió y emergió una enorme angustia que le apretó el estómago. Trémulo estiró su mano y con suspicacia recibió una servilleta de las manos del joven mesero que contenía el nombre de la mujer y su teléfono; la guardó en el bolsillo de su chaqueta y continuó su camino.

"Virginia Solari" decía la servilleta; la caligrafía era estilizada y curvilínea, se desenvolvía en un continuo fluir que le recordaba las onduladas calaminas de las dunas. El Sr. Palma infirió, sin equivocarse, que la señorita Solari debía ser una amante de la belleza; perfeccionista y meticulosa; y probablemente una mujer muy hermosa.

Cuando tomó el teléfono el Sr. Palma estaba inquieto y comenzó a marcar los números anotados en la servilleta con una convicción dudosa. Se detuvo. No estaba seguro si quería saber lo que la muchacha quería decirle, se sentía intimidado por el solo hecho de pensar que hubiese leído una sola línea de sus textos. Aunque lo más probable, pensó, era que la gentil señorita solo quisiera devolverle su roñoso cuaderno.

A pesar de que el Sr. Palma trataba de convencerse de esa idea, sus manos sudaban mientras terminaba de presionar los últimos dígitos en el teléfono.

Un susurro contestó al otro lado de la línea, no se podría decir que era una voz, se deslizaba con una grave aspereza y violentamente capturaba quien la escuchara.

—¿Aló?

—Señorita Virginia, buenas tardes, soy Sergio Palma, su teléfono me lo dio el mesero de la cafetería… —Virginia no esperó a que el Sr. Palma terminara su presentación y lo interrumpió con elegancia.

—Sergio Palma… que fantástico poder poner una voz a las palabras que leí.

—¿Perdón? —El Sr. Palma estaba descolocado ante la certeza de que alguien había leído sus textos.

—Disculpe que sea tan atrevida, pero efectivamente leí su cuaderno.

—¿Lo leyó? —balbuceó incrédulo el Sr. Palma.

—Varias veces… —respondió la Srta. Solari y luego de soltar un suave suspiro continuó— me gustó mucho.

El Sr. Palma experimentó una sensación novedosa y estimulante al recibir halagos por primera vez, pero luego recapacitó y recordó que tanto las ofensas como las alabanzas son vanas.

—Nunca fue mi intención que fuera un texto público… de todas maneras le agradezco sus palabras —replicó nervioso.

—Sí, entiendo… pero soy sincera cuando le digo que leerlo fue un placer.

La conversación había llegado a ese punto en que los caminos que podía seguir eran múltiples. El Sr. Palma estaba a la merced de la Srta. Solari y esperó en silencio varios segundos para que fuese ella la que demostrara sus intenciones. Pero ella no dijo nada; solo se escuchaba su suave respiración.

—Sin pretender ofenderla señorita Virginia ¿Sería mucha molestia si pudiésemos coordinar un encuentro para que me regresara el diario?

El Sr. Palma escuchó por primera vez la risa de la Srta. Solari y sin aviso las lágrimas comenzaron a salir.

—¿Se encuentra bien? —Preguntó la Srta. Solari al escuchar los extraños sonidos que producía el Sr. Palma al secar sus lágrimas.

—¡Sí! No se preocupe, está todo bien.

—Bueno… con respecto a su invitación.

—Sí, dígame…

—Sería un placer ¿Le parece si nos vemos mañana a las siete en el café?

—Encantado —respondió el Sr. Palma mientras secaba las lágrimas que bajaban por sus mejillas.

El Sr. Palma, debido a su falta de interés por las personas, con el paso de los años se había resignado felizmente a su soledad y se había acomodado a ella, pero la aparición de la Srta. Solari había despertado un fuego en su interior que creía extinguido.

Eran las seis de la tarde del día siguiente y el Sr.

Palma ya estaba acicalado para la cita. Desde su casa había traído un terno gris que solo usaba para funerales, una sobria camisa blanca y unos brillantes zapatos negros que consiguió con un vecino. Quería verse impecable; esta era la primera vez que se reunía con una mujer desde hacía más de cinco años y no quería dejar malas impresiones.

Decidió partir antes de tiempo, ya que consideró que no sería caballeroso si ella llegaba antes que él y tuviese que esperarlo. En el café tomó una mesa que estaba en la calle y pegada al ventanal; las luces anaranjadas del parque formaban círculos entre las ramas de los ciruelos que ostentaban abundantes flores rosadas y blancas. El aire estaba fresco y perfumado y a lo lejos se escuchaba un músico callejero improvisando una melodía de jazz. La tarde estaba perfecta, solo faltaba la Srta. Solari.

Mientras esperaba a que llegara su cita, el Sr. Palma se percató que no habían acordado como identificarse, él no sabía nada de la Srta. Solari y no tenía ninguna forma de reconocerla cuándo ella llegara. No quiso importunarla llamándola por teléfono, parecería ansioso y no quería dar esa impresión aunque lo estuviera. El Sr. Palma resolvió que la mejor solución era pedirle al joven mesero, que los conocía a ambos, que le hiciera una seña cuando ella llegara. El Sr. Palma levantó su mano para llamar al joven quien presuroso se acercó a la mesa.

—¿Joven, usted me podría avisar cuando llegue la señorita? —Mientras pronunciaba esas palabras una mujer alta con ondulado pelo castaño claro y una sonrisa que ablandaría hasta el más duro de los corazones, se paró en la entrada del café mirando hacia todos lados.

—Es ella ¿No? —murmuró el Sr. Palma.

—Efectivamente señor, es ella. —Respondió el mesero.

Hay momentos en la vida que "suenan"; el impacto

que produce la visión de una realidad inesperada que se presenta y reorganiza el pensamiento, las emociones y el espíritu; tiene un sonido. Es como un crujido, como si la realidad se acomodara para dar espacio a algo más grande que ella misma. Y eso sucedió cuando el Sr. Palma vio por primera vez a la Srta. Solari. Ella tenía poco más de treinta años y una alegre levedad que contagiaba el ambiente; era como ver un *ángel* caminar sobre la tierra. El Sr. Palma se puso de pie para recibirla y la invitó a sentarse. Ambos se observaron en silencio unos segundos en los que compartieron sonrisas y miradas. El joven mesero les entregó la carta a ambos, pero la Srta. Solari se la devolvió y pidió solo un té negro. El Sr. Palma tampoco quiso ordenar nada para comer y solo pidió un café americano. La Srta. Solari respiró hondo y miró con nostalgia hacia el parque.

—El parque es hermoso en esta época del año —sonrió la Srta. Solari— ¿No cree?

—Sin duda —respondió absorto el Sr. Palma, quien aún no se recuperaba del todo del impacto que sintió al verla por primera vez.

—Para serle sincera no me lo imaginaba a usted así —comentó con simpatía la Srta. Solari.

—¿Mejor o peor? —balbuceó nervioso el Sr. Palma.

—Distinto...

La Srta. Solari introdujo su mano dentro de su bolso y sacó el manuscrito que puso con delicadeza sobre la mesa. El Sr. Palma se sonrojó al ver su texto en las manos de otra persona y además con marcas de colores en distintas páginas. La Srta. Solari tomó entre sus dos manos el cuadernillo y lo levantó levemente de la mesa.

—Esto es fascinante —comentó al mismo tiempo que lo abría y comenzaba a hojear algunas de las páginas que tenía marcadas— tiene usted un talento Don Sergio.

—¿Usted cree? —El Sr. Palma rio y tosió a la vez

muy incómodo—. Gracias… pero como le comenté por teléfono nunca fue mi intención que alguien lo leyera.

—Ah… disculpe si le falté el respeto, no quise ofenderlo.

—¡No! De ninguna manera… —exclamó presuroso el Sr. Palma y luego de unos segundos de silencio continuó—. Lo que pasa es que estos textos son parte de un intento de investigación que estoy realizando.

—¿Cómo es eso? —inquirió curiosa la Srta. Solari.

—Puede parecerle extraño señorita Virginia, pero padezco de una condición muy curiosa que los doctores no pudieron identificar y utilizo esta especie de bitácora para intentar encontrar algún *sentido* a los eventos.

—Si esta condición lo llevó a escribir estos hermosos textos, creo que debería estar agradecido… y, además, desde mi punto de vista, está más que claro que justamente ese es su *sentido* —sonrió la Srta. Solari— ¿Le molestaría explicarme en qué consiste su padecimiento?

—Sí, claro… le explico —el Sr. Palma se acomodó en su asiento—. Una vez al día, en cualquier momento, de forma absolutamente inesperada, sucede algo que hace que mis ojos boten lágrimas.

—Que lloren.

—Exacto. —El Sr. Palma miró hacia su costado y vio que el mesero se acercaba con sus pedidos. La Srta. Solari movió a un costado el cuaderno y ambos en silencio endulzaron sus bebidas.

—Déjeme ver si le estoy entendiendo bien ¿Usted se emocionó con ciertos eventos fortuitos que le sucedieron y luego procedió a escribirlos en este diario con el fin de saber si tenían alguna coherencia entre sí? —le consultó la Srta. Solari mientras revolvía su té grácilmente sin tocar los costados de la taza con la cuchara—. La verdad es que no me parece que sea nada extraño, lo que sucede es que usted es una persona sensible; que se emociona con facilidad.

—Es que precisamente esa es la parte curiosa… yo no siento nada. No hay emoción de ningún tipo; ningún ápice de sentimiento que se movilice por los hechos que producen el llanto. En un comienzo solo sentía desagrado por la molesta sensación, pero luego cuando comencé a escribir el diario comencé a disfrutar escribiéndolo, y luego la situación ya no me pareció tan desagradable.

La Srta. Solari soltó una carcajada musical que contagió el ambiente de frescura y mirando directamente a los ojos al Sr. Palma le comentó:

—Eso confirma precisamente lo que le estaba diciendo. Estos textos son la respuesta que usted andaba buscando, son sus escritos en sí mismos los que le dan sentido a su padecimiento. De verdad que usted es afortunado. —La Srta. Solari bebió un sorbo de su té—. Y eso que no le he dicho en qué trabajo —dijo coqueta la perspicaz muchacha y miró por la ventana extendiendo el suspenso de la afirmación que acababa de realizar. El Sr. Palma bastante inquieto le apremió:

—Por favor no me deje esperando… a qué se dedica usted.

—Soy editora y estoy interesada en publicar sus textos ¿Estaría usted dispuesto?

El Sr. Palma había logrado contener la impaciencia que le produjo saber que la Srta. Solari había leído sus textos, solo porque su presencia lo había deslumbrado, pero de ahí a pensar que sus escritos fueran leídos por cientos, sino miles de personas… se sintió nauseabundo.

—¿Se encuentra bien? Se ha puesto blanco como un papel —dijo suavemente la Srta. Solari.

—¿Publicarlo? Pero eso es absurdo, yo no soy un escritor, soy un simple conserje —balbuceó el Sr. Palma sintiendo el corazón palpitar en su garganta.

—Le reitero… sus textos son hermosos y eso no se lo digo a cualquiera. —La Srta. Solari metió la mano dentro de su cartera—. Aquí tiene mi tarjeta con mi número personal para que me llame cuando estime conveniente.

—Muy amable… —respondió el Sr. Palma al que aún le costaba encontrar el aire para respirar.

El Sr. Palma no se movió de la mesa hasta que cerraron el local pasadas las dos de la mañana. Y luego, aún meditabundo, se fue a sentar a una banca del parque donde estuvo durante toda la noche reflexionando. Pensó que la divinidad no podía ser algo absoluto para los hombres, porque la experiencia de *todo* para nosotros es inaccesible y que, si había algo divino en esta realidad, era el *orden* expresándose en los detalles, como en las escenas que anotaba en su cuaderno; luego pensó que en los detalles había algo escondido, a simple vista, una parte del *todo* oculta en la grandilocuencia de la enormidad que lo rodeaba, fluyendo en eterno movimiento y propósito, nunca deteniéndose… Y fue entonces cuando de golpe una luz estalló dolorosamente en su cabeza y en su pecho, y encontró el *sentido* de sus rebeldes lágrimas. Jamás iba a encontrar la *razón* a su padecimiento si seguía buscando encontrar la última y definitiva explicación que lo justificara todo; el bien y el mal, la luz y la oscuridad, el amor y el miedo… palabras grandes que no existen y que no tienen un final. El Sr. Palma comprendió que en los detalles estaba la respuesta, en la certeza de que cada acontecimiento es parte de una gran trama intrincada, de un *pensamiento único* (fragmentado y eterno a la vez) que, en nuestra escala de simples humanos, solo podemos percibir parcialmente. "Somos un fragmento de pensamiento puro" pensó el Sr. Palma y con encantado asombro se sentó a esperar el espectáculo que ofrecía el amanecer que pronto comenzaba.

A un costado suyo, sobre la banca, el ajado cuaderno lo esperaba, con su arrugada portada y algunas hojas en blanco, para que escribiera lo que siempre estuvo escrito.

Y el Sr. Palma contempló por primera vez.

LOS QUE BAJARON DEL CIELO

"La selección natural es una fuerza siempre dispuesta a la acción y tan inconmensurablemente superior a los débiles esfuerzos del hombre como las obras de la Naturaleza lo son a las del Arte."

Charles Darwin: *El origen de las especies*

1

"Era solo una cosa de escala, de proporciones… por eso no lo vimos venir… pero es obvio, es tan evidente" pensó Silvia mientras manejaba su camioneta a toda velocidad entre las multitudes, que deliraban en medio de un enorme caos social, absortas ante la certeza de que todo lo que conocían llegaba a su fin. "La explosión demográfica… los adelantos científicos… la tecnología… estábamos siendo criados, *ellos* querían que nos multiplicáramos". Silvia pisó el freno a fondo cuando vio unos autos incendiados que bloqueaban la ruta. Enceguecida por la imperiosa necesidad de ver a su hija, decidió avanzar por la acera tocando su bocina insistentemente "¡Córranse hijos de puta! ¡Córranse mierda!". Un par de personas no alcanzaron a reaccionar a tiempo y fueron despedidas a unos cuantos metros de distancia luego de ser golpeadas por el parachoques.

"La ruta principal es más rápida… a mi casa no han llegado aún… por favor que no hayan llegado aún…"

pensó Silvia y, al doblar en la esquina para tomar el camino que la llevaba a la casa de su exmarido (y por lo tanto donde su hija), se encontró de frente con un haz de luz que provenía desde el cielo y que elevaba a un grupo de personas que, con sus brazos estirados hacia arriba y con los ojos llenos de emoción, se dejaban llevar hacia un *futuro mejor*. "No hijos de puta, no me van a agarrar tan fácil" Silvia puso reversa y hundió su pie en el acelerador, la camioneta reaccionó explosiva y alcanzo tanta velocidad que la mujer no pudo controlar el impulso y se incrustó dentro de una vitrina.

Cuando recuperó el conocimiento, Silvia vio incrédula como frente a ella, en medio de la calle, un grupo de personas arrodilladas en círculo oraban en silencio, "Yo no… este no va a ser mi destino, ni el de mi hija ¡Bastardos!" Una enorme luz cenital compuesta por hipnotizantes filamentos dorados descendió desde el cielo en respuesta a la plegaria del grupo de creyentes quienes, aún tomados de las manos, comenzaron a elevarse hacia el cielo hasta desaparecer. Silvia bajó con cuidado del malogrado automóvil y caminó hacia el interior de la tienda cuya vitrina había destrozado, "tiene que haber una salida trasera… si llego al pasaje… a dos cuadras está la compraventa de motos…". Efectivamente el local tenía una salida de emergencia que daba a un pasaje y Silvia, escabulléndose como una cucaracha que arranca de la luz, fue poco a poco avanzando en dirección a la compraventa de motocicletas.

Cuando estaba a solo un par de metros de llegar, un grupo de creyentes emergió desde una esquina frente a ella, estaban armados y en sus frentes tenían pintada con sangre la cruz de cristo.

—¡Oye muchacha! —dijo el mayor de ellos, un anciano con un bate de béisbol con manchas frescas de sangre— ¿Estás perdida? Nosotros vamos a la colina para que el Señor nos lleve a mejores pastos, donde la muerte no será más, ni existirá ya más lamento ni clamor, ni dolor. El grupo que lo acompañaba asintió complacido y esperanzado al escuchar las palabras del viejo.

—¿Eres una mujer justa? —dijo una jovencita cuyo rostro angelical no encajaba con su torcida sonrisa perversa.

—¿Justa? —dijo nerviosa Silvia—. Disculpen, pero voy a otra parte —dijo mientras intentaba avanzar, pero el grupo le cerró el paso.

—No hay "otra parte" muchacha... ahora solo queda ir hacia arriba, hacia "Él" —dijo el anciano al mismo tiempo que estiraba su mano con la palma hacia arriba a modo de invitación.

—Sí, entiendo... pero me tengo que ir —masculló Silvia y cuidadosamente esquivó al grupo de fanáticos para poder seguir su camino.

—No es una invitación —escuchó que el viejo decía a sus espaldas—, el Señor nos conmina a salvarte, como dice Pedro en su segunda carta "Los cielos y la tierra que existen ahora están reservados para el fuego y guardados hasta el día de juicio y de la destrucción de la gente irreverente" ¿Acaso te consideras irreverente? ¿Quieres morir en medio del fuego y la destrucción? ¿¡No tienes respeto por tu creador quien amorosamente ha venido a salvarte!?

El grupo comenzó a rodear a Silvia quien, atemorizada, retrocedió hasta verse arrinconada contra una pared.

—No eres consciente de lo afortunada que eres, has sido bendecida con la gracia de haberte encontrado con nosotros —El anciano se paró frente a Silvia y con el dorso de su mano acarició la mejilla de la mujer—. Resistirse es inútil ¿No sabes que son pocos los que se salvan? Ahora ¡Arrodíllate!

Silvia vio los rostros enajenados de los fanáticos y temblando de rabia se arrodilló. Desesperada, e intentando

80

que no lo notaran, hurgó con sus manos entre la basura buscando algo con que defenderse.

—Como dijo nuestro Señor en Lucas 13:23 "Esfuércense al máximo por entrar por la puerta angosta, porque les digo que muchos tratarán de entrar, pero no podrán", ahora hija mía prepárate para entrar por la puerta angosta —El viejo levantó con ambas manos su bate—. ¡Señálanos el camino hacia la luz e ilumina el recto andar de tus…!

Antes de que el hombre lograra terminar la frase Silvia se levantó ágilmente con un largo trozo de vidrio que enterró en el cuello del anciano.

—¡Báñalos en *tu* sangre, hijo de puta! —gritó Silvia y un potente chorro de sangre salpicó a todos los fanáticos que no acaban de entender qué era lo que había sucedido. Un divino haz de luz emergió desde el cielo el iluminó al grupo.

—¡Nos ha escuchado! ¡El señor viene por nosotros! —dijo la niña de sonrisa perversa con su rostro teñido de carmesí.

Silvia, rodeada por la luz que la iluminaba desde cielo, de inmediato sintió una enorme paz en su interior. Observó como el ferviente deseo de ver a su hija, amorosamente, se desvanecía. Era celestial, era como si todo peso, toda responsabilidad, toda preocupación, fuese levantada de sus hombros. Pero Silvia recordó esa risa, esas manitos, esos abrazos "¡Mi hija!" y férreamente se opuso a esa engañosa sensación que le hacía olvidar al ser que le había enseñado lo que era el verdadero amor. Con dificultad, y una voluntad alimentada por el recuerdo de su hija, Silvia dio dos pasos que la sacaron del efecto del haz de luz y aprovechó la obnubilación del grupo de fanáticos para alejarse. Al mirar atrás vio como el grupo de creyentes, y el cadáver del anciano, se elevaban hacia el cielo. "Si *ellos* se llevan a estas mierdas, no puede haber nada bueno al otro lado…"

Con cautela Silvia entró a la compraventa de moto-cicletas y se acercó a la oficina donde pensó que segura-mente estaban guardadas las llaves. Revisó los cajones, las repisas y finalmente notó que sobre un escritorio había una pequeña caja fuerte que estaba abierta y que no tenía nada en su interior. "¡Que mierda hago! Por la chucha ¡Que mierda hago!"

—¿Buscas esto? —Un enorme hombre de bar-ba espesa la miraba con oscuro semblante mientras de su mano colgaba la llave de una motocicleta—. Esta es de la roja que es está al lado de la entrada… —sus dientes amari-llos asomaron tras una perturbadora sonrisa— ¿La quieres?

—Tengo que ir a "Los Huertos", ahí está mi hija —intentó explicar Silvia esperando que el hombre que tenía en frente, a pesar de que todo apuntaba a lo contrario, fue-se comprensivo o por lo menos, razonable. —Necesito ver-la… ella me necesita.

—A "Los Huertos", chica millonaria… ¿Y no tie-nes auto? —sonrió cínicamente el hombre.

—Es la casa de mi exmarido… y mi camioneta la choqué. De verdad que necesito esa llave, necesito ver a mi hija, por favor.

El hombre giró rápidamente su mano y envolvió la llave con sus dedos. Luego la metió en uno de los bolsillos de sus jeans.

—Yo no tengo hijos, ni familia… no tengo a nadie —dijo sonriendo con una mueca libidinosa—. ¿Cómo te llamas?

—¡Jódete! —dijo Silvia, y caminó decidida en direc-ción a la salida de la oficina esquivando al corpulento hom-bre quien, como un depredador al acecho, reaccionó rápi-damente y cerró la puerta de golpe.

—¡Dije cómo te llamas! —gritó alterado el hombre.

—Silvia —dijo intentando ganar algo de tiempo mientras pensaba una forma de salir de ahí.

—Bien Silvia, como te estaba diciendo antes de que fueses tan irrespetuosa y me dejaras hablando solo. No tengo hijos, no tengo familia, no tengo a nadie… y ahora que estamos en medio del puto apocalipsis, estoy seguro de que me iré al infierno, entonces… pensaba… que ya que mi alma está condenada… por qué no irme a mi modo… con las botas puestas ¿Me entiendes?

—No entiendo…

—Si quieres las llaves, si quieres volver a ver a tu hija, tienes que sacarte la ropa. Déjame ver ese redondo y tonificado culo ¿Ahora te queda más claro? —Silvia miró al hombre unos segundos y creyó intuir que detrás de ese fornido cuerpo no había más que un pequeño e insignificante niño asustado.

—¡Por favor! ¿Acaso eres idiota? Esto no es el "puto apocalipsis" —dijo Silvia haciendo el gesto de las comillas con sus dedos—, seamos razonables, estamos siendo invadidos por algún tipo de inteligencia y tenemos que buscar la forma de sobrevivir, eso es lo que hacemos los humanos, buscamos como sobrevivir, como seguir adelante… ¡Ahora dame las llaves hijo de las mil putas! —dijo Silvia estirando su mano para que el hombre se las pasara.

El hombre guardó silencio por unos instantes y luego de un solo golpe noqueó a Silvia quien cayó inconsciente al suelo.

Minutos más tarde cuando Silvia despertó, se vio sobre el escritorio de la oficina, semi desnuda y con el hombre detrás de ella masturbándose, pronto a penetrarla. Silvia pensó en su hija, en sus ojos negros como aceitunas y en esa gigante sonrisa inocente, y con todo el ímpetu de un ser que quiere sobrevivir para proteger a un ser amado, se apoyó en sus manos para tomar impulso y se empujó hacia atrás para asestarle un certero cabezazo en el mentón, "Conmigo no, cerdo asqueroso". El hombre se elevó en el aire y cayó sobre una mesa de cristal que estaba en el centro de la oficina. Silvia rápidamente tomó la caja fuerte que estaba sobre el escritorio y, sin vacilar, la dejó caer con todas sus fuerzas sobre la cabeza del hombre. En medio de un charco de sangre y sesos, la caja fuerte ocupó todo el espacio donde antes solía haber una cabeza.

2

El motor de la motocicleta inundó el paisaje rural a medida que avanzaba por la alameda que antecedía la entrada al predio. La enorme reja de hierro forjado que daba la bienvenida a la propiedad estaba entreabierta y Silvia entró sin detenerse en dirección hacia la casa de su exmarido. El lugar se veía abandonado, el enorme jardín estaba cubierto de hojas secas, el pasto crecido más de medio metro y el automóvil de Javier escondido bajo una gruesa capa de polvo. Ya había pasado más de un año desde que Silvia lo había abandonado y era evidente que él aún no lo había superado.

Silvia entró a la casona confundida, imágenes de su hija le venían a su cabeza como fragmentos de una vieja película, la veía corriendo por el prado, tomando desayuno con el sol de la mañana entrando por la ventana o llena de alegría abriendo sus regalos en navidad. Silvia siguió avanzando por el vestíbulo de la casa y extrañada ante tanto silencio gritó:

—¡Diana! Mi amor ¡Llegué! —un eco escalofriante fue su única respuesta—. ¡Javier! ¡Hola! —Unas bandurrias emprendieron el vuelo cantando—. ¡¿Alguien?!

A lo lejos, desde el segundo piso de la casa, un ruido sordo como el de un libro cayendo al suelo se escuchó.

Silvia subió las escaleras con cautela, intuyendo que algo fuera de lo normal estaba ocurriendo. Al llegar al segundo piso avanzó lentamente por el amplio pasillo en dirección hacia la habitación principal. Las tablas crujían bajo sus pies y reverberaban en cada centímetro del esqueleto de esa vieja y enorme casa. La puerta estaba entreabierta y Silvia la empujó con la punta de sus dedos levemente para asomarse. Sobre la cama estaba Javier, inconsciente de alcohol, rodeado de basura, restos de comida y botellas vacías.

—Javier —dijo Silvia con un tono firme, pero Javier apenas reaccionó emitiendo un pesado resoplido—. ¡Javier, despierta! —gritó Silvia, a lo que Javier finalmente reaccionó y abrió los ojos. Con cansino esfuerzo se acomodó en la cama y estiró su mano hacia el velador para recoger un vaso al que aún le quedaba algo de licor.

—Qué haces aquí Silvia... ¿Queda algo en esta casa que aún sea de tu interés? —Y soltó una risa cínica.

—¿Dónde está Diana? Vine por ella —dijo Silvia severamente, a lo que Javier reaccionó levantando la mirada por primera vez para mirarla. Su expresión al comienzo fue de profunda ira contenida y luego cambió a confusión. Los ojos de Javier se llenaron de lágrimas y de un trago bebió todo lo que quedaba de licor en el vaso.

—Qué mierda te pasa... —alcanzó a decir Javier antes que de su cuerpo lo obligara a levantarse torpemente para ir corriendo al baño a vomitar.

—¿Se está acabando el mundo y tú no tienes idea de lo que está pasando? Que desastre de hombre, teniéndolo todo, dinero, salud, una hija hermosa...

—¡Que mierda te pasa! —dijo Javier mientras, abrazado a la taza del baño, vomitaba bilis—. Lo único que me queda de Diana son un montón de recuerdos que sinceramente desearía que no existieran, no puedo con este dolor, es demasiado —masculló Javier entre arcadas.

—¿Cómo…? —murmuró Silvia, al mismo tiempo que experimentaba la sensación de un hielo, que recorriendo su columna y extendiéndose hasta cada rincón de su cuerpo, la dejaba paralizada y con su corazón detenido.

Ajenas a su control, sus piernas se movieron y su cuerpo avanzó por el pasillo, hasta que repentinamente, Silvia se vio frente a la puerta de la habitación de su hija sin saber cómo había llegado allí. La puerta se abrió de golpe y como si su cuerpo levitara, Silvia recorrió la habitación. Diana no estaba. El espacio estaba vacío, sin juguetes, sin muebles, nada de ropa en el suelo, sin lápices de colores, solo un infinito espacio vacío que se extendía hacia una espesa negrura que lo devoraba todo. Solo quedaba el color de las paredes, un violeta casi blanco, el color favorito de su hija.

Silvia perdió la noción del tiempo y cuando volvió a recuperarla estaba acostada en la cama de Javier y ya era de noche. Su exmarido se había bañado, se había afeitado y ordenado la habitación. Ahora estaba en el balcón que daba hacia el jardín fumando un cigarrillo y bebiendo una cerveza. Silvia se levantó y se acercó a Javier, le sacó el cigarrillo de las manos y le pegó una calada profunda.

—Quien lo diría… me volví loca y nunca me di cuenta —dijo mientras exhalaba el humo del cigarrillo y se lo devolvía a Javier—. En el fondo sabía que había algo muerto en mí, pero no sabía que era ella… mi pequeña.

Silvia se sentó cansada en una silla de metal que estaba en el balcón y ocultó su cara con las manos para llorar un duelo que estaba escondido hace más de un año. Javier no se acercó a consolarla, solo bebió un trago largo de su cerveza y luego pegó una última fumada a su cigarrillo.

—Así que se está acabando el mundo… —dijo y metió la colilla dentro de la botella para luego arrojarla hacia el jardín—. No me puede importar menos que se acabe todo esto, incluso me parece una bendición.

—¿Bendición? Estás como los fanáticos que aparecieron por todas partes, rezando, orando, pidiendo que se los lleven. De un día para otro se multiplicaron como callampas, vieron que la realidad a la que estaban acostumbrados sucumbía y, como siempre ha pasado en la historia de esta especie decadente, rápidamente se refugiaron en su fantasía nefasta de un "más allá".

—¿Y si es verdad…? Y si efectivamente hay algo y nuestra hija está ahí, esperándonos —Javier la miró esperando una respuesta que nunca llegó—. Siempre soberbia y altanera, creyendo que todo puede ser "entendido". No respetas el misterio, lo que es inaccesible a tu insignificante capacidad de comprensión. Vi por la TV como esos haces del cielo se llevaban a la gente… ¿Te parece que es un fenómeno que está ahí para ser comprendido? ¡Qué más pruebas quieres! Es evidente que hay algo más y no hay tiempo para entenderlo, solo nos queda actuar…

—No… no voy a entregarme a algo que no conozco. Tú has estado encerrado en esta "isla", ajeno a todo lo que ha estado pasando, pero si hubieses estado afuera habrías visto como esta "bendición" ha sacado a flote lo que verdaderamente somos; pequeñas criaturas temerosas, egoístas, cobardes y oportunistas. Somos simples animales que buscan reproducirse y sobrevivir, no hay nada de poético ni misterioso en eso. Es nuestra naturaleza.

Javier guardó silencio por un instante y contempló melancólico el paisaje que se desplegaba frente a él. El otoño se expresaba con su anaranjada decadencia; las hojas secas, los árboles con sus ramas desnudas y un viento frío que intermitente animaba la espectral soledad del jardín. A lo lejos, a varios kilómetros de distancia, se veían los haces de luz bajando desde el cielo para recoger personas elevándolas hacia lo desconocido. Javier solo quiso cerrar sus ojos y desaparecer.

—¿Qué haces? —dijo Silvia poniéndose de pie nerviosa—. ¡Dime que estás haciendo!

—Me voy Silvia… y creo que tú deberías venir conmigo —murmuró Javier sin abrir sus ojos.

—Para… no los llames. No tienes idea lo que hay al otro lado. Los vi llevarse a lo peor de la humanidad; asesinos, violadores, cobardes, fanáticos… ¿Quieres ir a encontrarte con ellos? Nuestra hija no está allá, eso te lo aseguro… ¡Para por favor!

Javier no prestó atención a las palabras de Silvia y siguió concentrado en su llamada. Desde el cielo llegó sin demora la respuesta iluminando el balcón y a Silvia, quien rápidamente se alejó del haz e ingresó nuevamente al dormitorio. Javier, envuelto en dorados filamentos que ondulaban como largos cabellos bajo el agua, miró a la que alguna vez había sido su mujer y, con profunda ternura, le estiró su mano.

—Vamos *chica*, tú sabes que acá no hay nada más para nosotros —Javier miró hacia el cielo intentando identificar el origen de la luz, pero le fue imposible, luego volvió a mirar a Silvia—. ¿Qué te detiene?

—¡Esto es una mierda Javier! Es una trampa.

—Bueno… y si lo es, prefiero saberlo que quedarme eternamente con la duda ¿Vamos?

Silvia apretó sus puños y cerró los ojos. Su cuerpo se endureció, tenso como una cuerda y súbitamente ya no estuvo ahí. Su mente abandonó la habitación, la casona y la ciudad para sumergirse en sus recuerdos, y volvió a ver a su hija, el día que la encontró flotando en la piscina, el silencio que había en el entorno y la espeluznante paz que se respiraba.

Su mente volvió al presente, a la habitación donde Javier la esperaba para una última aventura. Sus músculos se relajaron y sus manos se abrieron. Solemne, Silvia se acercó a Javier y, como una novia que camina confiada al altar, tomó su mano.

3

Cuando Silvia abrió sus ojos sintió que la luz que la rodeaba era enceguecedora, como si sus ojos hubiesen estado cerrados durante días y no lograran adaptarse a tan intensa luminosidad. A tientas reconoció a Javier y le acarició la cabeza.

—Oye… despierta… —dijo Silvia, pero sus labios no se movieron.

Javier se incorporó lentamente refregando sus ojos e intentando enfocar la mirada.

—¿Qué es este lugar? —pensó Javier al mismo tiempo que se ponía de pie y observaba su cuerpo completamente desnudo. Luego levantó la vista y miró a Silvia cuyo cuerpo marcado por el paso del tiempo se desplegaba frente a él—. Sigues hermosa *chica* —pensó Javier y Silvia al escucharlo dentro de su cabeza, bajo la cabeza levemente sonrojada.

Silvia tomó su mano y ambos avanzaron por un espacio amplio, abstracto y lleno de luz. A medida que caminaban otros cuerpos comenzaron a aparecer frente a ellos; había niños, abuelos, mujeres y hombres, que inicialmente aparecían confundidos, pero que rápidamente eran invadidos por una extraña pero profunda sensación de paz.

Poco a poco los ojos de Silvia se fueron acostumbrando a la intensidad de la luz y, el entorno, que hasta ese momento se presentaba indefinido, comenzó a mostrar sus verdaderas formas. Estaban bajo un enorme domo, en medio de una amplia explanada delimitada a lo lejos por brumosas paredes que respiraban como el inquietante oscilar de la aurora boreal. El suelo se sentía metálico, pero era tibio y agradable al caminar. Tras las nebulosas paredes del domo, se distinguían siluetas luminosas desplazándose que, en su fugaz paso, emitían una etérea e hipnótica melodía. No hacía frío ni calor, no había sed ni hambre, solo una profunda sensación de tranquilidad sedativa, imperturbable e inquebrantable.

Más y más humanos aparecían junto a Silvia y Javier, los que en un comienzo eran cientos, se multiplicaron en miles y rápidamente en cientos de miles. Todos guardaban silencio, nadie pronunciaba palabra alguna, una tensión palpable vibraba en el ambiente. Una joven madre, en cuyos brazos un pequeño bebé dormía, miraba su entorno asombrada, expectante, con sus ojos enormes y abiertos, esperando que aquellos que habían venido a buscarlos decidieran mostrarse ante la multitud.

Cuando la explanada estuvo de un extremo a otro atestada de humanos, todos pegados unos a otros, con sus cuerpos desnudos y humedecidos como ganado dentro de un corral; un coro de millones de voces provocó un estruendo y las cabezas se elevaron sincrónicas para mirar al centro de la cúpula. El techo brumoso del domo se abrió y ante la multitud silenciosa una enorme criatura alada, hecha del mismo dorado material filamentoso del cual estaba construido todo su entorno, descendió. Silvia, extasiada y en un perplejo estado de asombro, contempló el vuelo de este ser mientras levitaba suavemente sobre la masa de humanos que, embelesados por su belleza y la sensación de armonía que transmitía a sus corazones, estiraban sus brazos con el vano afán de poder estar más cerca de tan extraordinario ser.

La joven madre levantó a su hijo hacia el cielo, esperando que fuera elegido para recibir la bendición de la divina presencia que flotaba entre ellos. Y así como ella, todas las madres que llenaban el recinto alzaron sus brazos entregando a sus retoños para que estuvieran más cerca de este dios alado. Fue entonces cuando esta enorme montaña de energía divina se alzó en el centro de la explanada, desplegó sus descomunales alas mesmerizantes y delicadamente comenzó a extraer, con hilos dorados que emergían desde el centro de su pecho, *la luz* de cada una de las criaturas.

Tal vez debido a su inocencia o la pureza de sus almas, los bebés parecían no verse afectados por la encantadora sensación de paz que tenía embelesados a los adultos y a medida que las pequeñas pero brillantes almas de los infantes se desprendían de sus cuerpos para ser consumidas por esta formidable energía divina, los llantos de dolor formaron una cacofonía infernal que habría quebrado hasta el más poderoso de los hechizos, sin embargo, nadie reaccionaba. Lentamente los cuerpos, aún en los brazos de sus madres, se secaron y perdieron todo color, quedando como cáscaras vacías, como desechos de lo que alguna vez fue algo hermoso.

Presenciar esta abominable escena despertó en Silvia el recuerdo de su hija y por unos instantes volvió a revivir el intenso dolor que le produjo su muerte. El sufrimiento la ayudó a liberarse brevemente del encanto luciferino y con espanto vio los rostros de aquellas madres que enceguecidas celebraban la muerte del alma eterna de sus hijos. Fue entonces cuando Silvia comprendió que nunca debería haberse dejado llevar por la luz y que, como consecuencia de ello, jamás volvería a ver a su hija. Su alma sería devorada y ya no había nada que ella pudiese hacer al respecto. Solo le quedaba el consuelo de que la prematura muerte de Diana la había librado de tan ominoso destino.

Durante sus últimos segundos de lucidez, antes de volver a caer rendida bajo la poderosa influencia seductora de esta celestial criatura, Silvia comprendió que nuestro destino como especie estaba sellado de antemano y que cada uno de los habitantes de la Tierra sería sin excepción, un eslabón más en la inexorable lucha por la supervivencia. No había nada más eficiente que *la paz y el amor* para cautivarnos, seducirnos y atraparnos, nadie sería capaz de resistir la magnética fuerza de estos sentimientos, de esta irresistible carnada. "Ansiamos el descanso, no soportamos convivir con el sufrimiento… somos presa fácil" pensó Silvia y sin poder resistirlo más, se dejó embelesar por los encantos del extraordinario depredador, porque, al fin y al cabo, y sin excepción, la vida se alimenta de vida.

TRES TRISTES TRAICIONES
Y UNA INCONCLUSA

1

Entró en su casa a escondidas para que sus padres
no la escucharan, había prometido llegar a las diez y eran
pasadas las doce. Gabriela subió despacio por la quejum-
brosa escalera creyendo que su disimulo lograría salvarla
del inminente castigo que le esperaba a la mañana siguiente. Pero la verdad es que no le importaba si la descubrían,
cualquier sacrificio valía la pena por la noche que acababa
de vivir. La cita había sido perfecta, era un recuerdo indeleble que quedaría como una joya preciosa cristalizada en
su memoria, o por lo menos eso era lo que Gabriela sentía
esa noche cuando se arropó en su cama e intentó dormir
durante horas sin poder conciliar el sueño.

Cuando el día anterior Felipe la invitó a pasear en el
auto que su padre le había prestado, Gabriela tuvo la intuición que sería un día especial. La pasó a buscar pasadas las
tres de la tarde y le propuso sorpresivamente que fueran

a la playa por el día. Felipe tenía preparada una canasta con un nutrido picnic y además había llevado un vino, que se había robado de la despensa de su papá, con un par de copas de cristal. Encontraron una sombra a la salida de un bosque y estiraron la manta sobre el pasto nuevo de primavera. Estaban sobre un cerro por lo que la vista era panorámica. A un costado, una playa de arena blanca y tranquilas aguas calipso y, por el otro lado, un roquerío escarpado coronado por un gran peñasco que era el hogar de cientos de pelícanos y gaviotas. Frente a ellos el mar azul profundo, en cuyo horizonte unas grises siluetas de grandes embarcaciones parecían estar inmóviles.

Pasaron la tarde conversando de sus amores, miedos y sueños. Rieron hasta que creyeron desfallecer y también compartieron el dulce placer del silencio. El ocaso trajo vientos arremolinados y nubes grises que rápidamente oscurecieron el cielo. Al caer las primeras gotas los jóvenes recogieron su improvisado campamento y se subieron entre risas al auto. Felipe un poco ebrio le dijo a Gabriela que esperaran unos minutos antes de partir, que "no quería conducir tan mareado". Ella, sabiendo que eso no era cierto, aceptó.

A medida que se hizo de noche el auto se fue escondiendo bajo la sombra de los grandes pinos. Y al cabo de unos minutos, solo la lechosa luz de la luna se colaba entre las ramas de los árboles, que como majestuosos cómplices los protegían y observaban. El silencio que se creó entre ambos fue el preámbulo de lo que sabían era inevitable y, como movidos por fuerzas que no estaban bajo su control, se entregaron a los poderosos influjos del deseo.

Ambos padres perdieron el rosado saludable de sus mejillas cuando Gabriela les contó. Esto era una humillación de la cual la familia nunca se recuperaría ¡Qué dirían los Mackenna! ¡Qué murmurarían los Ibáñez! ¡Qué soeces comentarios harían los Eyzaguirre en la próxima cena navideña al ver el vientre abultado de su adolescente hija! Pero había que resignarse, lamentablemente la familia no tenía alternativa, los padres de Gabriela eran fervorosos creyentes y no estaba dentro de su marco moral internar a la niña por "apendicitis" para solucionar el problema. La familia iba a tener que dar la cara y reconocer que su única hija había sido deshonrada por el hijo de un empleado público común y corriente.

Pero Gabriela tenía otros planes. Ella atesoraba en su interior enormes sueños, ella quería estudiar en Londres, conocer Nueva York, vivir en Paris y veranear en la India. Su vida recién comenzaba y no iba a dejar que la llegada de este *infortunio* (como ella le decía) arruinara todo su futuro. Así que, sin que sus padres lo supieran, decidió eliminar el problema de raíz.

Gracias a un contacto que le dio el chofer de su padre, Gabriela llegó a una sencilla casa al final de un pasaje que colindaba con un caluroso solar. Ese día hacía más de treinta grados, pero la sensación que sentía en el pecho Gabriela era de más de cuarenta. Tiró de un cordel que se perdía tras un largo parrón y una campana sonó a lo lejos. Una señora de baja estatura, regordeta y de aspecto bonachón se asomó por la puerta principal echándose aire con un abanico. Sin preguntarle siquiera su nombre, la invitó a pasar.

La señora le ofreció algo para beber, lo que Gabriela rechazó amablemente intentando ocultar el asco que le daba la mezcla del olor a ruda y orina de perro que inundaba el ambiente. La señora salió de la habitación por unos instantes y luego regresó con un mate en la mano e invitó cordialmente a la muchacha a que la siguiera. Llegaron a una oscura pieza donde una improvisada camilla era la

protagonista. Sin procurar sutilezas ni eufemismos la señora comenzó a detallarle paso por paso lo que harían a continuación. Gabriela se sintió nauseabunda, transpirando frío
a pesar del intenso calor, e intentando disimular su arrepentimiento, se excusó ante la señora y se marchó.

Mientras tanto los padres de Gabriela habían
consultado la situación con un cura amigo de la familia,
quien les recomendó una habitual solución para tan
engorroso problema. La muchacha pronto cumpliría
dieciocho años y perfectamente podía "irse de viaje al
extranjero" a "estudiar francés" por el período de un año.
Nadie sospecharía de tan sofisticado interés cultural, tan
propio de las familias acomodadas. Mientras tanto Gabriela
sería recluida en un convento donde una vez que naciera el
infortunio podría ser fácilmente dado en adopción. Además,
las hermanas del recinto podrían enseñarle francés por
una módica y voluntaria donación de la familia a la iglesia.
Gabriela aceptó agradecida y feliz que sus padres hubiesen
encontrado una solución para su molesto problema.

En pleno invierno nació el varón. Fue un parto normal y sin complicaciones. El niño se veía sano y sus fuertes gritos eran una exigencia de consideración y afecto que
nunca llegarían. Gabriela no quiso tocarlo ni mirarlo, ni
siquiera escucharlo llorar. Incluso, antes de irse de vuelta a
la casa de sus padres, lo maldijo y pidió al cielo nunca saber
nada más de ese vergonzoso *infortunio*. Y al parecer una triste divinidad que pasaba por casualidad deambulando por
el monasterio escuchó su petición, ya que Gabriela nunca
más supo de ese niño hasta el día en que murió en París a
los ochenta y nueve años acompañada por su esposo y sus
cinco hijos.

Jessica tenía nueve años cuando prometió que haría lo que fuese necesario para salir de la miserable condición en que vivía. Su madre la había abandonado con su padre alcohólico y juntos vivían en una casucha endeble construida con paneles de madera, techada con oxidadas planchas metálicas y con telas amarillentas que ondeaban al viento como puertas. Una noche de verano, Jessica se levantó de su cama (un colchón con antiguas manchas secas de orina y unas malolientes mantas roídas) sabiendo que no volvería más. Dejó a su padre, quien dormía, con vómito seco en su pecho, sentado en un cajón de frutas con una caja de vino en la mano. Lo abandonó tal como él la había abandonado a ella por el alcohol.

A los pocos días Jessica tuvo la suerte de conocer a la señora Sorfelia, dueña de un humilde local de colaciones, quien se encariñó con ella de inmediato, ya que tenía los mismos ojos de su hija que había muerto de neumonía cuando tenía solo seis años. Jessica comenzó ayudando con el aseo a cambio de un lugar para vivir y comida, y con el tiempo, comenzó a atender las mesas y a hacerse un pequeño sueldo. Sorfelia, que cada día se encariñaba más con ella, la apoyó para que terminara el colegio con útiles y uniforme. Con el tiempo se demostró que Jessica tenía habilidades académicas y que además era muy disciplinada, por lo que pudo rendir sus cursos sin complicaciones y ser una alumna destacada.

Con el paso de los años la ambición de Jessica no aminoró por lo que durante el día se dedicaba a atender mesas y por las tardes estudiaba para ser auxiliar de enfermería. Se sentía orgullosa de lo que había logrado y agradecida de la fortuna que había tenido cuando conoció a la señora Sorfelia, a quien ahora consideraba su madre y con quien se sentía en eterna deuda.

A medida que un cierto bienestar se estableció en su vida, Jessica comenzó a disfrutar un poco más de los aspectos más mundanos de la vida y es así como conoció a un hombre que llegó a desordenar todos sus planes. Lo vio por primera vez en el cumpleaños de un amigo del instituto. Era un joven sencillo, pero de cuidada apariencia, algo tímido, pero su amplia sonrisa era como un faro que invitaba a confiar en él. Jessica notó que el muchacho no conocía a nadie y amistosamente se acercó a conversar. A los pocos minutos de compartir risas y miradas, ambos sintieron que la atracción era incuestionable y acordaron una nueva cita en los días venideros.

A los dos años de romance comenzaron a aparecer los problemas. Los defectos que al comienzo parecían insignificantes poco a poco se hicieron más molestos y el intenso deseo de estar juntos se hizo cada vez más rutinario. Irónicamente, el mismo día que Jessica había decidido terminar su relación con Felipe, se hizo la prueba que le confirmó que estaba embarazada. Fue una brusca caída a tierra, todo su pasado se vino encima como una amenaza y sus proyectos se disolvían en futuras preocupaciones que Jessica no estaba dispuesta a asumir. El joven, como era de esperarse, dudó de su paternidad, y además aprovechó de contarle, con una delicadeza digna de un simio, que estaba saliendo con otra mujer. Jessica no perdió su energía en seguir buscando su apoyo, ya conocía perfectamente la indecencia a la que podían llegar los hombres, por lo que decidió abandonarlo al igual que como ya lo había hecho con su padre. Sorfelia le dio todo su apoyo y Jessica decidió seguir adelante con su embarazo y darle una oportunidad a la criatura que crecía en su vientre.

Florencia, se llamó la niña. Era una morena alegre que llenó las vidas de ambas. Es cierto que la rutina se había hecho mucho más pesada, pero Jessica había encontrado un buen trabajo en una clínica privada, por lo que podía mantener a Sorfelia y a su hija sin problemas. Pero la ambición de Jessica no estaba satisfecha, sentía que el peligro de volver a sus condiciones de infancia no estaba totalmente erradicado. En la televisión veía las comodidades que otras mujeres disfrutaban y sentía que ella merecía eso y mucho más. En las tardes se miraba en el espejo y comparaba su cuerpo con el de las mujeres de la televisión y sentía que no tenía nada que envidiarles. Efectivamente Jessica era una mujer hermosa, que destacaba donde estuviese, y eso no pasó inadvertido para un importante abogado que trabajaba en la clínica quien, a pesar de estar casado y tener una hija, comenzó a pretenderla.

Al cabo de un año, la relación furtiva entre Jessica y el abogado se había consolidado. Consciente de que él estaba absolutamente enamorado de ella, Jessica le exigió abandonar a su familia o si no lo dejaría para siempre. El abogado, enceguecido de deseo, accedió. Era evidente que Jessica no lo amaba, pero eso no era relevante, lo importante para ella era lograr su objetivo, vivir esa vida que le había sido negada en su infancia y brindársela como ofrenda a su hija Florencia, quien, gracias al chantaje afectivo realizado por su madre al incauto abogado, creció en medio de comodidades y privilegios. Cada vez que Jessica se sentía obligada a tener sexo con este hombre, al que cada día despreciaba más, pensaba en todo lo que había logrado, para ella y su hija, y se resignaba.

Luego de varios años de acomodada rutina sucedió lo impensable. Felipe, el padre de Florencia, el joven tímido de amplia sonrisa reapareció. Los años habían hecho mella en el que alguna vez había sido un atractivo joven, probablemente debido a su fuerte afinidad por la botella, la ausencia de un trabajo estable y algunas deudas mal habidas. Pero, aunque parezca extraño, Jessica se sintió atraída por su vulnerabilidad y desde entonces todo fue oscura decadencia. El deseo que los unió cuando eran jóvenes se reavivó y ambos comenzaron a tener a escondidas un romance.

El abogado, consciente del repentino cambio de humor de su esposa, comenzó a sospechar que algo extraño estaba sucediendo. Para verificar sus sospechas contrató un detective privado que, con escandalosas fotografías, le demostró la execrable infidelidad de su esposa. Dolido en lo más profundo de su orgullo el abogado enfrentó a Jessica, exigiéndole dejar a este sujeto o abandonar, junto con su madre y su hija, la casa. Lo que él nunca esperó, fue la infame respuesta que recibió de ella.

Todo apuntaba a que el juicio estaba perdido y que, en el caso de no ser así, de todas formas, los costos sociales y políticos serían irrecuperables. Por esta razón el abogado y su equipo prefirieron llegar a un acuerdo extrajudicial y aceptar las demandas económicas de su esposa. Jessica había acusado a su esposo de abusos sexuales contra su hija Florencia y, tanto la niña como Sorfelia, habían respaldado sus mentiras. Destruido, el abogado entregó su casa y parte importante de sus ahorros a Jessica, y desapareció sin dejar rastro. Luego de un par de días Felipe se mudó a la ex casa del abogado, donde fue recibido cariñosamente.

Unos meses después, recostada en una reposera junto a su cristalina piscina, Jessica recordó su infancia: la soledad, el hambre, la mugre, el olor rancio de su padre y el abandono de su madre a la cual nunca conoció. Luego miró lo que había logrado: su enorme casa, una hermosa hija, que se bañaba alegre en la piscina, una madre que satisfecha preparaba el almuerzo para todo el clan y un amor de juventud que bebía una cerveza fría recostado en un sillón mientras veía el fútbol en un gigantesco televisor. Jessica se sintió realizada.

3

Para Fernanda su padre era como una montaña: magnífico e insondable. Cuando niña se escondía entre sus enormes brazos y sentía que era intocable, que el mundo podía estallar a su alrededor y que, aun así, ella estaría protegida. Y el amor era recíproco, su padre había encontrado en ella una pureza que creía imposible que existiese. Ambos eran cómplices en una relación de amor que parecía eterna.

Fernanda era la más baja de su curso y las mofas que recibía la hacían acrecentar su interés por diferenciarse de sus "compañeros inmaduros" como ella decía. Por lo tanto, fue adelantada, quería ser pronto una mujer, y con sus tempranos catorce años se vestía como si fuese una veinteañera. Además, hablaba de temas de adultos con gran vehemencia, lo que causaba gracia entre los amigos de sus padres, que reían silenciosamente al escuchar sus elaboradas opiniones. A pesar de las protecciones emocionales que creaba, las burlas de sus compañeros le producían una triste sensación de no pertenencia. Pero en casa siempre estaba su padre, quien con alguna comida rica o un paseo juntos, hacía que todas esas estupideces tomaran el lugar que les correspondía, "palabras necias de niños inseguros" como le decía él.

No fue casualidad que su primer amor fuese un joven tierno y comprensivo. Era el poeta del curso, el que siempre andaba con bufanda, aunque hiciesen treinta grados de calor. Fue un hermoso romance de niños, el primer beso, la primera borrachera, la primera cimarra juntos… se arrancaban por lo menos una vez al mes para ir al cine durante el horario de clases, luego se iban a un parque, ella se comía un helado mientras él esbozaba unos sufridos poemas de amor llenos de lugares comunes. Una tarde de otoño él con mucha tristeza le entregó una carta y último poema y, con un tímido beso, se despidió de ella para siempre. Sus padres habían sido trasladados de improviso a otro país y se marchaba. En la carta le prometía mantener el contacto, pero eso nunca sucedió. Fernanda por primera vez sintió el dolor de la pérdida y comprobó que idealizar el amor era una dañina quimera.

Algún tiempo después Fernanda comenzó a notar que su padre estaba extraño, se había tornado sombrío y distante. Apenas terminaban de comer juntos en la mesa se ponía de pie sin decir palabra alguna y se encerraba en su despacho, desde donde no salía hasta que era la hora de acostarse. Fernanda intentaba acercarse a él, pero algo había cambiado, su padre se veía distraído, como si su cuerpo fuese solo una cáscara cuyo contenido se encontraba viajando a años luz de distancia. Con el paso de los días, esa indiferencia se transformó en un leve desprecio y paulatinamente en una creciente violencia, enfocada principalmente en la figura de su madre.

Fernanda escuchaba desde su pieza las agresivas discusiones que se hacían cada vez más frecuentes y que siempre terminaban cuando su padre salía raudo de la casa, tomaba su auto y se marchaba hasta el día siguiente. Su madre lloraba frecuentemente a escondidas en su pieza, pero el sonido de sus lamentos llegaba opacado a la habitación de Fernanda, era un clamor lejano que permeaba las paredes de toda la casa y que calaba dolorosamente en sus sueños.

Luego de una fuerte pelea Fernanda intentó hablar con su padre. Pero él ofuscado y enceguecido por una ira que no controlaba, la menospreció y le pidió que no interfiriera en cosas que no eran de su incumbencia, que dejara de comportarse como un adulto y que asumiera que todavía era una niña. Fernanda sintió que algo se había quebrado entre ambos, su padre ya no era el mismo.

El punto de no retorno llegó una tarde de domingo. Se suponía que irían a visitar a los abuelos de Fernanda, los padres de su mamá. Desde el desayuno se sentía una fuerte tensión que se hacía presente por el absoluto silencio que había en la mesa. Fernanda conciliadora un par de veces intentó contar anécdotas de su diario vivir en el colegio, pero las respuestas fueron monosílabos indiferentes que daban más fuerza al incómodo silencio que persistía. El teléfono móvil de su padre sonó desde el dormitorio y como si hubiese escuchado el canto de una sirena, este salió presuroso para contestar. Su madre vio a su marido alejarse y luego viró la mirada hacia Fernanda, con una tristeza que se fue transformando poco a poco en una intensa rabia que chispeaba. El padre volvió a la mesa con una sonrisa descarada que la madre de Fernanda borró con una fuerte bofetada. Fernanda sintió que el tiempo se ralentizaba y vio como los ojos de su padre se tornaban opacos, sin vida, y como salvajemente tomó a su madre del cuello y la azotó contra la pared. Fernanda se paró rápidamente para asistir a su madre mientras su papá atónito miraba la escena intentando entender lo que había hecho, luego de unos segundos se dio media vuelta, sacó unas cuantas cosas de su closet en un bolso y se marchó. Nunca más volvió.

Veinte años después la relación entre sus padres era cordial. Su papá se había casado con su amante y su madre se había dedicado principalmente al trabajo, con algunas esporádicas relaciones de pareja en el camino. Siguiendo los pasos de su padre, Fernanda decidió estudiar derecho y, a pesar de que aparentemente se veía bien, en el fondo ella aún resentía su abandono. El dolor por la pérdida de esa monumental figura de protección no se había diluido, solo se había transformado para dar paso a un oculto, pero intenso, resentimiento.

Una tarde, cuando Fernanda entraba a una sesión con su sicóloga, recibió un mensaje de texto en su teléfono. Era su padre quien, en un tono sombrío y definitivo, se despedía de ella ya que había decidido quitarse la vida. Fernanda supo de inmediato que el mensaje era una llamada de auxilio y que en el fondo su padre esperaba que ella fuera para él, la montaña que alguna vez él había sido para ella. Pero Fernanda eligió no hablar. Lo pensó de esta forma y se lo contó a su sicóloga: "si mi padre no se suicida y decide continuar con su vida va a saber lo que sentí yo cuando él me abandonó; y si cumple con su cometido y acaba con su existencia, no pierdo nada, ya que a mi padre lo perdí hace muchos años." Finalmente sentenció: "no existe nada eterno, incluso el amor es finito." La sicóloga, quien quedó perpleja sin saber cómo responderle a su paciente, no atinó a más que bajar la mirada hacia su libreta y esbozar unos trazos incoherentes.

4

Tras treinta años de ejercer como abogado, Humberto había acumulado una pequeña fortuna que se transformó en un escueto monto tras un horrible chantaje de su exesposa. Luego de perderlo casi todo, tomó estos últimos ahorros y compró una pequeña pero hermosa cabaña en la playa. La construcción se alzaba en la cima de un cerro y, a lo lejos, se veía como si fuese el mascarón de proa de una embarcación que se lanzaba a romper las olas del Pacífico.

Humberto estuvo todo el día mirando el océano a

través de un enorme ventanal, acompañado por su perro que, enrollado como una bolita, lo miraba de vez en cuando con sus ojos tristes. Sin saberlo, Humberto estaba de pie en el mismo lugar donde sus padres, hacía más de sesenta años, habían hecho el picnic que fue el preámbulo de su concepción.

Cuando el sol estaba sumergido a medias en el mar y algunas nubes lo ocultaban, Humberto tomó su teléfono y escribió un mensaje a su hija, la única persona que aún podía tener algún interés por su existencia. Un último intento con el que buscaba saber si, después de esta larga residencia en la Tierra, alguien aún lo amaba. Ella no contestó.

Humberto caminó hacia una pequeña caseta que cumplía las funciones de bodega y que estaba a unos cuantos metros de la casa. Su perro lo acompañó moviendo la cola, pensando que era tiempo para un paseo, pero el inocente animal no sabía que Humberto tenía otra cosa en mente. La puerta de madera de la bodega evidenciaba el maltrato sufrido por el aire marino y estaba cerrada con un grueso candado. Humberto sacó de su bolsillo un manojo de llaves y comenzó a probar cuál encajaba y, luego de algunos intentos, una de ellas entró con dificultad por el orificio. El metal había sido corroído por el óxido, al igual que el corazón de Humberto, y no hubo caso de abrir el candado. "Nunca más voy a usar esta bodega", pensó y le asestó una violenta una patada. Las bisagras cedieron fácilmente y la puerta cayó crujiendo a un costado. Mientras escarbaba entre tarros de pintura y viejas herramientas, Humberto sintió el olor a humedad marina y se sintió tranquilo, acogido por el mar, seguro de que estaba haciendo lo correcto. Al mirar detrás de una horadada silla de playa encontró, dentro de un gran balde metálico, lo que buscaba.

Amarró un extremo de la soga a un grueso pilar que

era el tronco íntegro de un eucalipto. Con calma fue desenrollando la cuerda hasta que estuvo debajo de una viga y, con fuerza, arrojó el manojo por arriba. La soga cayó ruidosamente en el suelo de madera. Humberto con calma preparó el nudo y luego acomodó el balde de metal justo debajo de él. Antes de ponerse el lazo al cuello revisó por última vez su teléfono. No había mensajes.

La soga se tensó sobre la viga. El balde cayó rodando de costado sobre la alfombra. El nudo se cerró y apretó el cuello de Humberto quien sintió un frío en sus extremidades que avanzaba directo hacia su corazón herrumbroso. El perro comenzó a ladrar e inquieto comenzó a perseguir su propia cola. Luego fue todo oscuridad.

Humberto, que en esos momentos no era más que una conciencia que observaba, sin noción de cuerpo, sin percepción de tiempo, se adentró lentamente en una húmeda habitación en penumbras. Ahí estaba él, Humberto, mucho más joven, bajo una tenue luz, sentado frente a un pequeño escritorio, estudiando de un grueso libro de derecho penal para un importante examen. Recordó ese día. Tenía hambre, había comido solo unos pedazos de pan en los últimos días. Tenía frío, no tenía como calentar la habitación mientras afuera caía la lluvia torrencial y, a pesar de todo, estudiaba. Sabía que esa prueba era muy importante y que del resultado de ella dependía su futuro. Humberto se vio, recordó su esfuerzo, la claridad con que se había propuesto un objetivo y lo había logrado.

Su conciencia se trasladó a su infancia y recordó. Vio como esos cuatro vecinos, que tenían intimidados a todos los niños del barrio, sostenían contra la pared a su amigo, un niño enjuto, débil, presa fácil para esa pandilla de abusadores. Recordó el miedo que sintió, la certeza de que si intervenía saldría malherido, pero a pesar de eso recordó como la sensación de injusticia se apoderó de él y, sin pensar en las consecuencias, se enfrentó al cuarteto. A uno le tiró una piedra en la cabeza y a otro alcanzó a pegarle una patada, pero luego se vinieron encima y le dieron una paliza que lo dejó en cama más de tres días. Riendo, los cuatro déspotas, se alejaron mofándose de la estupidez de Humberto. Su amigo, se acercó y lo ayudó a levantarse. Tomó su brazo y lo puso sobre su espalda y, abrazados, se encaminaron lentamente hacia la casa de Humberto. Ese niño fue su mejor amigo durante muchos años hasta su trágica muerte en un accidente automovilístico.

Finalmente, su mirada se fue hacia unos meses atrás y recordó. Había recién comprado la cabaña, que llevaba abandonada varios años, y ordenaba algunas cosas para hacerla habitable. Luego de una extenuante mañana de trabajo estaba preparando unos huevos revueltos cuando vio, por la ventana de la cocina, a un perro negro muy delgado que hurgueteaba en unos restos de basura. Humberto salió con la paila de huevos y se acercó cuidadosamente al animal. El perro al verlo hundió su cola entre las piernas y asustado se alejó unos metros. Humberto vació la paila en el suelo y se devolvió la cocina. Desde la ventana vio como el perro se acercó desconfiado al comienzo y como luego, hambriento, engulló los huevos. Esto se repitió durante varios días, hasta que finalmente el perro, al que bautizó Perseo, confió nuevamente en los humanos y se acercó a él.

Y nuevamente todo fue oscuridad.

El cuerpo dejó de balancearse y sólo se escuchaban las olas tronando contra las rocas. Luego de unos segundos que se hicieron eternos, inesperadamente, la cuerda se cortó. Perseo se acercó delicadamente a lamer la cara de Humberto, que luego de unos instantes, abrió los ojos y respiró.

Humberto se puso de pie confundido pero sintiendo que un enorme peso había sido sacado de sus hombros. Se sentía extrañamente renovado, sin ningún interés más que disfrutar los años de vida que afortunadamente aún le quedaban. Del perchero tomó una gruesa chaqueta, se la puso y con un silbido llamó a Perseo que se acercó meneando la cola. Caminó hacia a la puerta de la cabaña y miró hacia atrás, la cuerda cortada aún colgaba de la viga. Sonrío sintiéndose un poco avergonzado y cerró la puerta tras de sí.

Mientras caminaba por el bosque donde alguna vez había sido concebido, se contentó con saber que había alguien que lo amaba, que por lo menos había una persona para quien era importante, alguien para quien su existencia no era un *infortunio*.

La silueta de ambos se perdió entre el vaivén de los altos pinos.

EL ESPIRAL INFINITO

"¡Osad primero creeros a vosotros mismos, a vosotros y a vuestras entrañas! El que no se cree a sí mismo miente siempre."

Friedrich Nietzsche: *Así habló Zaratustra*

1

Frente al espejo, Alejandro comenzó su rutina diaria: afeitó, perfumó y peinó. A continuación, tragó las pastillas para aplacar la terrible jaqueca que había comenzado hace poco más de un año, justo cuando empezó a soñar con Alba (así la había bautizado). Y finalmente, para cerrar el ritual diario, se miró fijo frente al espejo, durante varios minutos, absorto en sus propios ojos, hasta que su rostro le pareció ajeno, hasta que se incomodó al no reconocerse y ver que era *otro* el que estaba frente a él observándolo con una expresión desesperada.

Alejandro se encerró a trabajar en su taller/laboratorio, un espacio que integraba su pasión por la ingeniería mecánica y la biología, un santuario donde podía experimentar con nuevos diseños e ideas que no eran parte de lo que su trabajo en IEE ingenieros demandaba. Alejandro estaba diseñando obsesivamente un dispositivo que integrara lo biológico con lo informático y para ello estaba construyendo en su taller una bio-prótesis que uniera consciencia y tecnología, la cual, por sus inconmensurables implicancias, mantenía en estricto secreto. Alejandro intuía que nuestra composición biológica no era más que una expresión degradable de un ser eterno cuya esencia era información pura. Era el *Logos* quien había creado este vehículo mortal para experimentarse a sí mismo en una eterna danza experimental de amor y sufrimiento. *"La vida ha sido la única forma que tuvo la conciencia de abandonar su eterna soledad de Lo Uno"* pensó Alejandro, y miró con orgullo lo que estaba creando, un incipiente dispositivo que iba a permitir al ser humano, al individuo, conectarse con esa fuente original.

Luego de una extensa jornada de aciertos y frustraciones, Alejandro se fue a dormir exhausto y, en medio de la espesa bruma de los sueños, el joven caminó en dirección a la mujer. Estaba nervioso, le temblaban las piernas y su corazón agitado lo impulsaba, golpe tras golpe, hacia la silueta femenina. Cuando estuvo tan cerca que podía escucharla pestañar, no se contuvo y le rodeó la cintura con su brazo. Sintió su calor, su aroma, y como el vaivén de la respiración de ambos se unía en sincronía perfecta. Y sucedió lo inesperado; la mujer fugaz, que hasta ahora habitaba únicamente en los confines de su mente, acercó sus labios al oído de Alejandro y le susurró: *"búscame"*. Inmediatamente una luz blanca incandescente y un sonido metálico ensordecedor inundaron la onírica escena. Alejandro despertó de golpe con la sensación indeleble de que esta mujer era *real* y que tenía que encontrar una forma de llegar a ella.

2

El edificio corporativo de IEE ingenieros, ubicado en pleno centro de la ciudad, era imponente. La torre más alta de la capital se destacaba por su silueta espiral y su revestimiento traslúcido. Alejandro entró raudo a la recepción de la lujosa oficina de Eusebio Sabater, gerente general de IEE tecnologías, y caminó sin detenerse hacia el gran ventanal que estaba entre dos fastuosas esculturas abstractas. La oficina principal estaba en el último piso, justo bajo el helipuerto y con una generosa vista de todo el paisaje urbano. El ingeniero vestía un impecable traje de dos piezas gris claro, una camisa blanca y una sobria corbata azul marino. Su cuerpo atlético y altura mayor al promedio le daban un toque distinguido, lo que sumado a su aparente estado de ausencia reflexiva le otorgaba un aura de nobleza.

—Don Alejandro, tome asiento por favor, Don Eusebio lo recibe de inmediato —dijo la secretaria, intentando disimular la evidente atracción que sentía por el joven.

—Gracias Cecilia —respondió Alejandro, quien no se movió ni un ápice de su posición mientras absorto observaba a una bandada de gaviotas que volaba en círculos ascendentes cerca del edificio. El comunicador de Cecilia se iluminó.

—Sí, está acá... perfecto. Pase Don Alejandro ¿Quiere algo? ¿Un café? ¿Un vaso de agua?

—Estoy bien, muchas gracias —respondió suavemente Alejandro—. Estás hermosa hoy Cecilia —sentenció el joven con su grave voz antes de desaparecer bajo el umbral de la gruesa puerta de caoba. Cecilia bajó la mirada y tecleó palabras azarosas en el teclado de su computador para esconder el rubor de sus mejillas.

La oficina era larga y angosta, algo que no era azaroso, ya que había sido un diseño planificado especialmente por Eusebio para poder estudiar los movimientos de sus visitas, a quienes lograba descifrar antes de que llegaran a estar frente a su escritorio. Alejandro avanzó con tranquilidad y certeza hacia Eusebio mientras ambos se estudiaban fríamente con miradas escrutiñadoras. Cuando Alejandro estuvo a un par de metros del anciano, este se puso de pie y estiró su mano.

—Bienvenido —dijo Eusebio— por favor toma asiento.

El joven ingeniero tomó con firmeza la mano de su jefe y luego en silencio se acomodó en una confortable silla de cuero. Eusebio se mantuvo de pie unos segundos observando con satisfacción a su empleado y luego caminó hacia el ventanal que estaba sus espaldas. Miró por unos segundos el paisaje y luego bajó la mirada para contemplar la gran cantidad de personas que caminaban ordenadas de un lugar a otro. "Realmente son como hormigas" pensó. Luego volteó tranquilamente y se acercó a un mueble de cristal donde una solitaria botella de exclusivo licor lo esperaba. El tiempo se hizo lento, espeso, casi palpable, solo el sutil sonido del whisky al caer dentro del vaso quebró el encanto.

—¿Quieres uno? —dijo Eusebio sabiendo de antemano cual sería la respuesta.

—No gracias, Don Eusebio.

—¿Estás seguro? Se hacen solo mil botellas al año.

—Yo no bebo alcohol Don Eusebio.

Eusebio rio para sí mismo complacido, le producía satisfacción confirmar que Alejandro era transparente para él y con elegancia levantó el vaso y se acercó al ingeniero.

—Para qué voy a andar con rodeos Alejandro —dijo Eusebio con una subterránea firmeza— no es secreto para nadie que he ido alejándome poco a poco de las decisiones más importantes de la empresa y que prácticamente casi todas las exitosas medidas que han llevado al crecimiento sostenido de IEE durante los últimos años han venido de ti.

—Usted es una gran inspiración —dijo Alejandro al mismo tiempo que se ponía de pie. Luego se acercó al octogenario, a quien quería más que a su propio padre, y con cariño puso la mano sobre su hombro.

—Entiendo perfectamente porqué me llamó —dijo el ingeniero, absolutamente seguro de sí mismo y con una expresión sobria en su rostro—. Es un honor y acepto.

Eusebio bebió su whisky de un solo trago y sonrió melancólico a Alejandro, luego dejó el vaso sobre la mesa y paternalmente abrazó al nuevo gerente general de IEE ingenieros.

—No sabes cuánto me alegro, es un alivio dejar todo esto en tus manos —murmuró lleno de orgullo— voy a coordinar con Cecilia para que te traslades a esta oficina cuanto antes.

El joven asintió como si hubiese recibido una orden incuestionable y, sin pronunciar palabra alguna, caminó por el largo pasillo hasta la puerta de caoba que se cerró tras él. El anciano levantó el vaso de la mesa y se acercó lentamente al mueble de cristal, donde la exclusiva botella que llevaba su nombre grabado en oro esperaba ser bebida.

3

El vestido de Olivia cayó sobre la alfombra mientras la anaranjada luz de las velas iluminaba su curvilíneo cuerpo desnudo. Alejandro, acostado en la cama, observaba la escena ausente, esperando que todo acabara rápido para poder dormir y encontrarse con la mujer de sus sueños.

Olivia comenzó a besar su vientre descendiendo lentamente, pero Alejandro la detuvo.

—Hoy no.

—¿Pasa algo?

Alejandro se sentó en el borde de la cama y tomó su cabeza entre las manos tratando de aplacar la intensa migraña que lo azotó de golpe. Cerró los ojos y recordó el rostro de Alba, sus ojos grises, el olor de su cuello, su cintura… y cansado, soltó un resoplido cansino.

—Tengo trabajo pendiente, voy a estar en el taller —con desidia, se paró y se puso su ropa interior, pero antes de que alcanzara a salir de la pieza, Olivia se levantó presurosa y se interpuso en su camino. Tenía los ojos llorosos, una mezcla entre rabia y profunda pena, y con sus delgados brazos lo empujó en el pecho al mismo tiempo que le recriminaba.

—¡Cobarde! No eres capaz de mirarme de frente y decirme que tienes otra mujer. He sido leal contigo a toda prueba y ahora te comportas con esta indiferencia, como si yo no significara nada —Olivia volvió a empujar a Alejandro en el pecho y luego quedó mirándolo a los ojos confundida, esperando una respuesta definitiva que explicara los más de seis meses que llevaban sin tener sexo. Pero la explicación no llegó y Alejandro esquivándola pausadamente salió de la habitación. Olivia se acercó a su velador y sacó una cajetilla de cigarros, con la mano temblorosa intentó encender uno, pero no pudo.

Dentro del taller el aire estaba fresco, una brisa suave entraba por la ventana recorriendo cada rincón de la habitación. Alejandro encendió la luz del escritorio y se instaló junto con una caja de piezas metálicas para seguir construyendo la bio-prótesis. Sus investigaciones avanzaban y estaba cada vez más seguro de que este revolucionario dispositivo permitiría establecer un vínculo definitivo entre consciencia y máquina. Olivia se asomó al taller con los ojos hinchados de tanto llorar y se quedó de pie bajo el umbral observando en silencio a su pareja. Alejandro dejó de trabajar y le dirigió una mirada compasiva.

—No hay otra mujer —mintió Alejandro.

Olivia lo miró con ternura y se acercó tímidamente hasta llegar a su lado. Con su mano peinó el caótico pelo de Alejandro quien se dejó querer por unos instantes. Luego Olivia bajó su mano y acarició la incipiente barba en la mejilla de su novio, con ternura besó su cuello, lo abrazó y murmuró sutilmente:

—¿Avanza?

—Sí… hay partes del código que no me cuadran, pero sé que va a funcionar.

—Podríamos ir a la viña mañana, recién le conté a tu madre del ascenso, dijo que iba a estar tu padre y que podríamos cenar juntos. Te haría bien un descanso —sentenció Olivia con un tono maternal.

—Claro… vamos —dijo Alejandro con un desgano que Olivia podría haber notado aunque hubiese tenido los ojos vendados. Ella le regaló una sonrisa triste.

—Excelente… les aviso. Buenas noches.

Una ráfaga de viento fresco recorrió la habitación y junto con ella Olivia abandonó el taller. Alejandro, fastidiado por la decisión de Olivia, lanzó con violencia el dispositivo sobre el mesón. No sabía cuánto tiempo más podría seguir sosteniendo esta relación sabiendo que su amor por Alba crecía noche tras noche. De súbito una nueva oleada de dolor azotó su cabeza. Tembloroso abrió un frasco de pastillas y se tragó dos rápidamente. Con fuerza cerró los ojos y con ambas manos se tomó la cabeza. Ahí estaba ella, mirándolo, con sus enormes ojos grises, encerrada en su mente, esperándolo.

Alejandro esa noche no quiso dormir junto a Olivia,

sintió que habría sido engañar a la mujer de sus sueños, así que trajo a su taller una frazada y se instaló a dormir en el sofá. Esa noche Alejandro y Alba hicieron el amor por primera vez.

4

Alejandro observaba distraído, desde la terraza de la casona emplazada sobre la cima de una colina, los cientos de hectáreas de la viña familiar que estaban a sus pies. Su padre, Gonzalo Sáez, se acercó con una copa de vino tinto en su mano y al llegar a su lado mantuvo el silencio unos instantes.

—Aunque no lo querías, lo lograste —dijo Gonzalo y luego ocultó el sol del ocaso con su copa para contemplar la traslucidez rubí de su mejor vino—. Es un importante paso para ti y para la familia —y bebió un medido sorbo.

Alejandro no se vio aludido por las palabras de su padre, sus pensamientos estaban en otra parte. Aún sentía en su boca el sabor del sexo de Alba, dulce como el néctar, la sensación de sus senos firmes y el aroma de su aliento tibio.

—¿Y cómo ha andado la jaqueca? Olivia me contó que ha empeorado —Gonzalo bebió otro medido sorbo—. Deberías ir a verte eso, llevas mucho tiempo con esos dolores, no es normal —Alejandro miro de reojo a su padre y le respondió amargamente.

—Olivia no tiene porqué andar contando cosas personales, no es de su incumbencia.

—No te lo tomes a mal —dijo Gonzalo— nos contó porque le preguntamos… con tu madre nos preocupamos por ti. Además, Olivia es tu pareja y le importa tu bienestar, no podría ser de otra forma con alguien que amas.

"Alguien que amas" repitió en su cabeza Alejandro.

—La comida ya debe estar lista —dijo Alejandro y se dio media vuelta en dirección al comedor. Gonzalo, acostumbrado a la indiferencia de su hijo, lo comenzó a seguir a unos cuantos metros de distancia mientras en el horizonte el sol anaranjado se ocultaba.

El auto avanzó raudo por la autopista que llevaba a la ciudad. Olivia, un poco ebria y envalentonada, aprovechó la hora de viaje que quedaba por delante para sacarse la inquietud que llevaba dentro. No estaba conforme con las vagas explicaciones de Alejandro y quería saber la verdad.

—Siempre fuimos amigos… —suspiró Olivia— de hecho, esa era nuestra consigna: "siempre amigos"—. Olivia abrió unos centímetros la ventana y apoyo la cabeza un poco mareada —¿Cómo llegamos a esto? Parecemos un matrimonio de viejos de mierda, juntos por cualquier razón, menos por amor… —Olivia pensó en los cuatro años que llevaban juntos y comenzó a sentir un calor que se crecía en su pecho. Cuando no pudo contenerlo más, el volcán hizo erupción con fuerza— ¡Me niego a seguir así! —gritó Olivia con doloroso clamor—. ¡O cambias o se acaba esta farsa!

Alejandro no sacó su mirada de la autopista cuando le dijo a Olivia que era mejor terminar la relación, no quiso mentirle y le dijo, con frialdad, su extraña verdad; "Estoy enamorado de una mujer que veo en mis sueños". Olivia no dijo nada, no lloró, no cuestionó, solo sintió que la invadía un profundo miedo al percatarse que había estado compartiendo su vida con un demente y que ni siquiera lo había sospechado.

Apenas llegaron al departamento, Olivia en silencio puso en una maleta algunas cosas que tenía repartidas por el departamento y, sin despedirse, se marchó.

5

En medio de la soledad y ayudado por pastillas, Alejandro se sumergió en largas jornadas de viajes oníricos, forzándose a dormir para encontrarse con Alba. Sin embargo, al despertar, todo lo vivido en sus sueños parecía minúsculo, como un recuerdo lejano que se desvanecía rápidamente, solo quedaba una sensación de vacío y la añoranza ferviente de ese mundo lejano junto a ella.

Una tarde, mientras avanzaba obsesivamente en su proyecto, sufrió la primera convulsión. Primero fue un hormigueo en las manos que lentamente se expandió a sus brazos y cuerpo, el corazón se aceleró y un agudo cincel perforó dolorosamente su cabeza haciendo que perdiera el conocimiento.

No soñó.

Horas más tarde Alejandro despertó en el suelo de su taller en medio de piezas metálicas y con sus ropas mojadas por la transpiración. Sentía que le estallaba la cabeza, era como si dentro de su cráneo una vida se estuviese gestando, pulsando vívida. Sacó un jarro con agua helada del refrigerador y bebió compulsivamente, al detenerse unos segundos a tomar aire, el miedo subió por su espina. Se dio cuenta que había estado "dormido" y no había visto a Alba, solo había experimentado esa sensación de ausencia, de la absoluta nada que deja la anestesia, como si el interruptor de su conciencia hubiese estado en "apagado".

6

La música le parecía familiar, pero era tan insulsa que le costó reconocerla, era una versión instrumental de un gran clásico del rock hecho para salas de espera, "un insulto" pensó. La enfermera se asomó por una puerta con una carpeta en la mano y dijo a viva voz: "Alejandro Sáez al box 6". El ingeniero, que llevaba un sobre con una docena de exámenes bajo el brazo, se puso de pie y caminó por el pasillo, cuando estuvo frente a la puerta que tenía el número 6 y que abajo decía "Dr. Luis Beltrán - Neurólogo", reconoció la melodía de la canción, era *Stairway to heaven* de *Led Zeppelin*, "que ironía" pensó y golpeó la puerta.

El doctor revisó rápidamente los informes y las imágenes digitales. Los tomaba una y otra vez, simulando que verificaba lo que él ya sabía que era cierto, solo intentaba ganar un poco más de tiempo antes de comunicarle a Alejandro esa noticia que, aunque llevaba más de veinte años de ejercicio médico, nunca se hacía más fácil decirla.

—Alejandro… bueno la situación es complicada —el doctor levantó la mirada y lo miró directamente a los ojos, lo cual le dio la confianza a Alejandro de estar hablando con un hombre serio—. Tienes un tumor maligno en el tálamo que avanza hacia el lóbulo temporal, tenemos que comenzar de inmediato con un tratamiento de radioterapia y quimioterapia para luego estudiar la posibilidad de hacer una cirugía.

Alejandro pensó en todos los años que llevaba sin beber alcohol, y en cuántas veces había decidido decir "no" ante un ofrecimiento, porque había elegido llevar una vida más sana para disfrutar de una vejez saludable. Le costó contener la risa por lo absurdo de la situación, pero no quiso faltarle el respeto al doctor que seguía hablando. Pero la verdad es que Alejandro ya no escuchaba sus palabras. Desde que el doctor había pronunciado la palabra "maligno", Alejandro solo pensaba en bajar al bar que había visto como a una cuadra y tomarse una cerveza fría.

Finalmente, el doctor dejó de mover su boca y Alejandro comprendió que ya había terminado de explicarle "la situación" como le gustaba decirle.

—Muchas gracias doctor —dijo Alejandro, mientas se ponía de pie y estiraba su mano para despedirse.

—No quiero importunarlo, pero es importante no perder el tiempo, mientras antes pueda comenzar su tratamiento es mejor —Alejandro asintió muy serio, pero solo pensaba en la refrescante sensación que le daría esa cerveza fría bajando por su garganta.

Le pidió al mesero la más helada que tuviera, si iba a ser la primera después de siete años, tenía que ser tal como la imaginaba. El mesero sacó la tapa con destreza y dejó la botella escarchada frente a él como una refrescante promesa de tiempos mejores. Alejandro giro la botella para que la marca estuviera frente él, sus dedos recorrieron el sinuoso contorno húmedo. Levantó la botella para acercarla a sus labios y, cuando se disponía a beber el primer trago, un fuerte dolor de cabeza lo azotó.

—*No te desvíes.*

La botella se deslizó de los dedos de Alejandro hasta caer directo al piso donde se reventó y esparció su contenido en el sediento suelo de madera que absorbió el líquido como un borracho por la mañana. Alejandro dejó un billete sobre la mesa y confundido salió del bar. No podía engañarse, la voz que acababa de oír en su cabeza era indudablemente la voz de Alba. No era su imaginación, la había escuchado susurrándole al oído, como un fantasma que, invisible ante la vista de los mortales, jugaba a que aún estaba vivo. Dando tumbos Alejandro se encaminó hacia ninguna parte.

—*No tengas miedo.*

Pero Alejandro sí tenía miedo y no quería responder a la voz. La mujer que habitaba en sus sueños ahora estaba acá, su voz se había hecho presente en esta realidad y eso lo intimidaba. Mareado, Alejandro se apoyó en un poste y respiró profundo, al mirar a su alrededor notó que estaba cerca del parque central y concienzudamente comenzó a caminar hacia él.

El viento fresco que circulaba en el parque lo ayudó a calmarse y a aplacar un poco la ansiedad que estaba creciendo en su interior. Sin embargo, aún confundido, Alejandro se dirigió hacia el pequeño puente que cruzaba el estero que dividía el parque en dos y se sujetó de la baranda con ambas manos para mirar el flujo del cristalino caudal.

—¿Eres tú? —dijo dudoso Alejandro.

—*Sí, soy yo.*

—Pero cómo es esto posible —el dolor en su cabeza oscilaba como un péndulo.

—*Pensé que ya sabías que yo era real.*

—Esto es increíble…

—*Créelo.*

Alejandro sacó de su bolsillo el frasco con pastillas y se tragó las últimas tres. Miró a la gente que caminaba por el parque, los árboles que ondeaban con el viento, las gaviotas que de tan lejos habían llegado a vivir a la ciudad… todo le parecía artificial, se sentía como una parte minúscula de una enorme simulación.

—*Si sigues el tratamiento médico me vas a perder.*

—Pero no tengo alternativa… no quiero morir.

—*Alejandro… el aparato que estás construyendo…*

—Qué tiene que ver…

—*Es la solución.*

—Imposible… no está pensado para eso.

—*Tienes que continuar.*

El dolor de cabeza comenzó a amainar y la voz de Alba se marchó. Alejandro siguió su camino a casa pensativo, sopesando con frialdad la posibilidad de que estaba perdiendo la razón o que tal vez esta era la última oportunidad de encontrarle sentido a su insípida existencia.

7

Eusebio lo miró desde lejos con cara de preocupación, estudió los movimientos de su cuerpo, la mirada esquiva, las manos entrelazadas y supo de inmediato que no venían buenas noticias. Alejandro se paró frente a él y sin subterfugios le explicó que dada su actual condición de salud no podía seguir ejerciendo su función habitual en IEE ingenieros y que menos aún podía asumir la conducción general de la empresa, por lo que presentaba su renuncia indeclinable. Eusebio no pudo ocultar su molestia, ya que tenía importantes planes que se veían frustrados, por lo que intentó convencer a Alejandro de que siguiera en la empresa. Le aseguró que los horarios podían adecuarse a sus tratamientos y que no habría exigencias más allá de las que él mismo determinara. Alejandro agradeció las buenas intenciones de Eusebio, pero rechazó la oferta, porque finalmente esta enfermedad había llegado como la excusa perfecta para retirarse de un trabajo que cumplía solo por su fuerte sentido de la responsabilidad.

Eusebio, que durante tantos años se había comportado como una figura paterna para Alejandro, al escuchar el rechazo taxativo de su oferta, mostró su verdadero rostro.

—¡Imposible! —dijo agitando ambas manos—. Lo siento mucho, pero IEE ingenieros te necesita… tu renuncia es inaceptable.

—Pero Don Eusebio, estoy enfermo y necesito preocuparme de mi salud —Alejandro acercó dos dedos a su sien donde un leve dolor de cabeza comenzaba—. Nunca pensé esta reacción de su parte.

—*Es un mentiroso.*

—Esta empresa es todo para mí, es mi legado ¿Entiendes? Y lamentablemente tú te has transformado en una pieza indispensable… —Eusebio afirmó cansino sus dos manos sobre el escritorio y bajó la mirada. —Es verdad que fue mi error dejar que eso sucediera, pero ya no hay vuelta atrás.

—Si eso es lo que le preocupa, no tema, voy a dejar todo en orden.

—No puedo permitirlo… —dijo Eusebio levantando la cabeza y mirando con ojos de fuego a Alejandro —Si te vas, te destruyo ¿No te has dado cuenta de que toda tu vida me pertenece? No eres dueño de decidir qué hacer con ella —Alejandro lo miró incrédulo, desconociendo al hombre de respeto que había sido su mentor durante tantos años. El dolor de cabeza aumentaba.

—*Tienes que hacerlo…*

—¿Está seguro de lo que está diciendo? —Alejandro se acercó amenazante al anciano que no retrocedió ante la afrenta —No pensé que llegaríamos a esto, pero esta es la situación: yo manejo la información de todos los proyectos tecnológicos que está desarrollando IEE ingenieros ¡Todos! Si toma alguna acción coercitiva en mi contra toda esa data será entregada a nuestra competencia. Sería el fin de su empresa y de su imperio —Eusebio se retorció de ira.

—¡Como puedes traicionarme así! ¿Acaso no sabes de lo que soy capaz? —Masculló Eusebio.

—Si quiere llegar más lejos con sus amenazas y por casualidad tengo un "extraño accidente", toda la información será enviada automáticamente.

Eusebio agarró con violencia a Alejandro de las solapas, quien, sin titubear, tomó con fuerza ambas muñecas del anciano y lo arrojó violentamente al suelo donde cayó sentado con sus piernas estiradas. Se veía como un niño amurrado al que le han quitado sus juguetes por egoísta.

—No seas estúpido Eusebio, no tengo nada que perder y todo por ganar —Alejandro se dio media vuelta y comenzó a caminar hacia la puerta de caoba. Eusebio cansadamente se puso de pie y se acercó al bar donde tiritando de ira tomó un vaso y se sirvió un par de dedos de whisky. Antes de salir Alejandro se detuvo en el umbral de la puerta y, sin voltear, le dijo: "agradecería que me transfieras un finiquito que se corresponda con la situación" y cerró suavemente la puerta tras de él. Eusebio, reconociendo su derrota, bebió su exclusivo licor. "Insecto miserable" pensó y se acercó al ventanal para mirar a las personas que caminaban en la ciudad, y se dio cuenta que ya no eran tan pequeñas y que ya no le parecían "hormigas" como antes.

8

Al cabo de unas semanas Alejandro había perdido varios kilos y su aspecto se veía cada vez más descuidado. Su departamento era un caos; las ventanas estaban tapeadas para no dejar entrar la luz del sol, había restos de comida esparcidos y el baño apestaba a inmundicia. Gracias al generoso finiquito que había recibido de IEE ingenieros, el espacio confinado a una habitación que antes usaba su taller, ahora se había expandido a todo el departamento. Cables y maquinarias irreconocibles decoraban cada rincón de cada espacio y sobre la mesa un cerro de analgésicos estaba al alcance de la mano para controlar su ahora constante dolor de cabeza.

Las convulsiones se hicieron cada vez más frecuentes y el dolor humanamente insoportable. Pero la obsesión que motivaba a Alejandro era superior a la agonía diaria. El tiempo estaba en su contra y prefería entregarse por completo a una locura, que volver a caer en las trampas del miedo que lo habían llevado a vivir una vida anodina y carente de sentido. A pesar del sufrimiento, Alejandro se sentía vital, lleno de propósito, y si era necesario pagar con su vida la decisión que había tomado, el riesgo valía la pena.

—*Ya queda poco.*

Aunque sabía que sus cálculos estaban perfectos, los chequeó una última vez. Estaba todo en su lugar y nada podía fallar.

Con lo que le restaban de fuerzas arrastró un grueso cable, que se alimentaba directamente de la energía del edificio, y lo conectó a la fuente de poder. Cansado y demacrado se sentó frente al computador y con sus huesudas manos tecleó indicaciones que iniciaron la máquina. El departamento se iluminó como un árbol de navidad y un zumbido eléctrico profundo osciló en el ambiente. El rostro enjuto de Alejandro observó con alegría su logro, sus ojos, que casi salían de sus cuencas, oteaban dementes el funcionamiento de su creación y, sin que se diera cuenta, una lágrima rebelde cayó suavemente por su mejilla.

—*Ha llegado el momento.*

Sobre la mesa del comedor, bajo un mantel blanco, estaba la bio-prótesis y Alejandro deslizó suavemente la tela para revelar la culminación de años de trabajo. Lo que había comenzado como un pequeño aparato ahora se había convertido en una especie de arnés con una serie de conexiones que coincidían con puntos específicos de la columna vertebral y la cabeza. Del suelo recogió un cable de poder secundario y lo conectó en la base de su invento que se iluminó con titilantes luces azules y blancas. Alejandro se puso el dispositivo y ajustó unas correas para que quedara ceñido a su esquelético cuerpo, luego se sentó frente al computador y tecleó unos comandos. Unas agujas emergieron desde los nodos de la bio-prótesis y suavemente se insertaron en la columna, nuca y cabeza del ingeniero quien, absorto en la satisfacción del momento, no sintió dolor alguno.

—*Nuestro encuentro es inevitable. Siempre ha sido y siempre será.*

Unas últimas indicaciones tecleadas en el computador, un último fragmento de código para unificar conciencia y máquina, un último paso para conectar el flujo de datos infinitos con una de sus expresiones individuales llamada *Alejandro*, un último cálculo para finalmente poder fluir con la información divina, para unirse con el *Logos*, para encontrarse definitivamente con Alba.

Alejandro presionó el botón "ejecutar" convencido que el propósito de su existencia estaba siendo satisfecho. Un sonido metálico ensordecedor, como el coro de mil trompetas, subió por su columna y entró en su cabeza. Alejandro tuvo la sensación de que algo inefable se rompía en su interior. Y luego el silencio. La oscuridad. La nada.

9

Una luz blanca comenzó a traerlo lentamente de vuelta a la realidad, mientras una voz femenina, que le parecía familiar, se escuchaba a lo lejos. No podía ver claramente por la enceguecedora luz, o tal vez porque sus ojos habían estado cerrados durante mucho tiempo y al intentar moverse sintió que sus brazos estaban amarrados y que la voz femenina se acercaba para hacerse más clara al escuchar sus débiles intentos por liberarse.

—Está despertando —dijo Olivia con una voz quebradiza que reflejaba una emoción contenida—. Acá estamos Alejandro, todo está bien.

—¿Dónde estoy? —murmuró.

—En la clínica.

—¿Cómo? No entiendo... Dónde está Alba, mi invento...

—No te exaltes, descansa, llevas hospitalizado poco más de una semana. Te encontré tirado en el suelo del departamento, con esa máquina... lleno de cables... —Olivia no pudo contener las lágrimas—. Estabas casi muerto... fue horroroso.

Alejandro no pudo mantenerse despierto por más tiempo e invadido por la confusión y el dolor se volvió a sumergir en el océano de la inconsciencia.

El tumor había seguido creciendo y era imperativo actuar lo antes posible. Durante los siguientes días Alejandro, inducido a un profundo estado de coma, comenzó a ser sometido a una serie de tratamientos para recuperar sus fuerzas y a la vez se iniciaron, sin su consentimiento, los tratamientos de drogas y radiación contra el cáncer. Al cabo de un mes Alejandro estaba en mejores condiciones y pudo ser sacado del coma inducido.

Lo primero que notó Alejandro al despertar fue que la voz de Alba había desaparecido por completo, era como un recuerdo brumoso que escondía una verdad que cada vez se hacía más difusa y distante.

Una silenciosa noche, cuando se encontraba sin los permanentes cuidados de Olivia, su doctor tratante entró a visitarlo. La habitación estaba a oscuras y solo estaba iluminada por la anaranjada luz indirecta del pasillo.

—Doctor le puedo hacer una pregunta.

—Claro, dígame.

—No quiero que piense que estoy loco, pero estoy muy confundido —dijo Alejandro mientras se acomodaba en la camilla.

—No se preocupe, a estas alturas pocas cosas

me sorprenden —dijo el doctor y se sentó en una silla. Alejandro esperó unos segundos antes de hablar, secretamente esperaba que Alba le hablara y le dijera que estaba todo bien. Pero no fue así. Resignado le comentó al doctor.

—¿Es común escuchar voces? Me refiero, con esta clase de tumor.

—No es algo común, pero en su caso podría ser posible. Su tumor ha ido avanzando hacia la corteza auditiva lo que podría hacer que su cerebro interpretara cierta información de forma errada.

—Se sentía tan real…

—¿Las sigue escuchando?

Una tristeza profunda invadió el pecho de Alejandro, quien no podía resignarse a aceptar que todo había sido una creación de su dañado cerebro. Que Alba no era más que una proyección imaginaria de una asquerosa masa de células que se había multiplicado fuera de control en el lugar equivocado.

—No doctor, ya no están.

—Eso es una muy buena señal… ¿Tiene alguna otra duda?

—No doctor, gracias.

El médico se puso de pie y caminó hacia la salida de la habitación, antes de marcharse se giró quedando recortada su silueta contra la luz del pasillo.

—No pretendo darle falsas esperanzas, pero al parecer el tumor está respondiendo positivamente al tratamiento, si seguimos así es posible que podamos realizar una cirugía en un par de meses.

Alejandro le sonrió al doctor con una mueca torcida y se giró sobre la cama para acabar con la conversación. No podía sacar de su cabeza la imagen de Alba, su rostro, su aroma, su cuerpo y su voz… Unas leves gotas de lluvia marcaron la ventana y un aire tibio movió la cortina con elegancia.

Cuando fue dado de alta Alejandro se quedó en la casa de Olivia, quien se hizo cargo de sus cuidados y se preocupó de acompañarlo durante el tratamiento. Los padres de Alejandro también se acercaron a él intentando fortalecer esos lazos familiares que durante años habían dejado marchitar. Poco a poco Alejandro fue olvidando a Alba y se enfocó en cumplir meticulosamente las instrucciones de su médico para recuperarse.

Una calurosa noche los cuatro se juntaron a cenar en la casa de Olivia en un ambiente de soterrada tensión. Alejandro ya había finalizado el tratamiento de drogas y radiación, y en un par de días más sería sometido a una arriesgada cirugía experimental. Nadie quería hablar de superficialidades mientras la muerte sonreía escondida a plena vista.

Intentando romper el tenso ambiente, el joven ingeniero levantó su copa, que solo contenía agua, para brindar.

—Familia… querida familia… ustedes saben que para mí no es fácil esto de las palabras, pero es importante hacer un esfuerzo para expresar lo que se siente, porque muchas veces creemos que todo está dicho, pero no es así. Es importante articular de alguna forma lo que nos pasa para que podamos acercarnos y entendernos. Así que aquí voy… —Alejandro acomodó el jockey que cubría su cabeza calva y alzó unos centímetros más la copa con agua que sostenía en sus manos. —Estos últimos meses han sido un punto de inflexión en mi vida. Durante años estudié y trabajé, y así construí un camino en el cual creía firmemente y del que me sentía orgulloso. No puedo negar que me dio muchas satisfacciones y aprendizajes, la verdad es que fue un camino grandioso mientras duró. Pero con el paso de los años el entusiasmo fue decayendo y había llegado a un punto donde todo se había vuelto rutinario, sin sentido, con el único banal propósito de mantener funcionando el *statu quo* de mi monótona vida. Fue entonces cuando decidí comenzar a construir la bio-prótesis, proyecto en el que había trabajado teóricamente durante varios años, buscando crear algo que diera un propósito trascendente a mi vida. Fue también entonces cuando comencé a soñar con una mujer a la que llamé Alba. Por su puesto ignoraba que el cáncer ya estaba comiéndome el cerebro y que esa mujer, que llegué a pensar que era real, era producto de las alteraciones que el tumor estaba generando en mi cabeza. —Alejandro se detuvo unos instantes creyendo haber escuchado una voz a lo lejos, pero solo había sido su imaginación. Luego continuó —Estaba obsesionado con mi creación y con esta mujer, porque finalmente sentía que todo mi esfuerzo tenía un sentido, que mi existencia era más que una absurda ironía. Y en esa desenfrenada obsesión, no me di cuenta de que los estaba perdiendo a ustedes, que esa necesidad de llenar un vacío interior era falsa, al igual que la voz de la mujer en mi cabeza. Ahora lo veo claramente, y lo único que me importa son ustedes, las vidas de los seres que amo… —Al decir estas últimas palabras la voz de Alejandro se quebró levemente y, conteniendo la emoción, guardo silencio unos segundos hasta calmarse. Luego con una amplia sonrisa retomó —¡Salud por los días que nos quedan! ¡Qué estén llenos de tranquilidad y amor! Los quiero.

Los cuatro chocaron sus copas en el aire y bebieron. Fue una agradable cena, la comida estuvo sabrosa, las anécdotas graciosas y la armonía se hizo presente después de años de ausencia. Incluso por unos minutos todos olvidaron la fragilidad de sus vidas y que el tiempo no espera a nadie. Olvidaron que, en dos días más, Alejandro entraba a pabellón y que quizás esta sería su última cena juntos.

—No fue posible —repitió el doctor, quien alzó su voz levemente para continuar hablando sobre los sollozos de Olivia. —El tumor tenía raíces muy profundas que comprometían algunas partes extremadamente delicadas. Lo lamento mucho, pero no hay nada más que podamos hacer.

La madre de Alejandro contenía a Olivia y Gonzalo se acercó solemne a su hijo que lo miraba con calma.

—Podemos intentar en el extranjero... uno nunca puede confiar totalmente... —Alejandro puso su mano sobre la arrugada y temblorosa mano de su padre.

—Ya es suficiente, está todo bien.

Gonzalo se acercó a la frente de su hijo y la besó.

Unos días más tarde, cuando ya se encontraba en mejores condiciones y sin que nadie de su familia se enterara, Alejandro se fue de la clínica sin autorización médica. Ya había cerrado sanamente sus temas pendientes con Olivia y sus padres, y no estaba dispuesto a exponerlos a los días de dolor y agonía que vendrían. Si iba a morir, sería en sus propios términos, por lo que rápidamente pasó por su departamento para cambiarse de ropa y recoger su auto. Antes de marcharse miró con nostalgia su creación, sentía que había estado cerca de algo, como si solo un detalle hubiese faltado que había pasado por alto... pero ya no había tiempo para eso, era tiempo de partir. Siempre había amado el mar, había algo en el sonido de las olas y en el canto de las gaviotas que lo tranquilizaba. Si iba a despedirse de este mundo, sería ahí.

Cuando Alejandro era pequeño, la familia Sáez veraneaba en un balneario cuya costa tenía abundantes roqueríos, y en particular, la casa de la familia estaba ubicada a un costado de una enorme masa de granito que formaba un ruidoso acantilado. Las algas marrones giraban al vaivén del oleaje como los cabellos de una diosa indígena y la resaca que bañaba las mohosas rocas emitía un sonido refrescante para el espíritu. Alejandro Inhaló profundo ese aire que venía de lejanas tierras hacia sus pulmones y se sintió tranquilo, ya no tenía nada más que pedirle a la vida. Su camino había finalizado. El ingeniero comenzó a escalar el enorme risco para llegar a su cima y poner fin a todo.

Una bandada de gaviotas pasó graznando cerca de él y recordó aquellas que había visto desde el ventanal de la oficina de Eusebio. A cientos de kilómetros de su hábitat natural, las gaviotas habían encontrado el modo de adaptarse a la ciudad y habían hecho de ese ambiente hostil, su hogar. Los pensamientos pasaban veloces por su mente a medida que se acercaba a la cima del peñasco. Sintió el viento frío que calaba profundo; la muerte que lo invitaba a seguir para recibirlo en sus eléctricos brazos.

Ya en la cumbre, Alejandro se acercó al borde del barranco desde donde solo tenía el amplio horizonte frente a sus ojos. Las puntas de sus zapatos se asomaron levemente por la cornisa y empujaron unas pequeñas piedras que cayeron hacia el precipicio que finalizaba donde enormes olas azotaban desde hace millones de años una pared de granito. A segundos de dar el salto definitivo, las imágenes se hacían cada vez más veloces en su mente. Sus padres, Olivia, Eusebio y Alba. Uno a uno todos sus recuerdos se esfumaban como volutas de humo... como espirales... como fractales...

Y fue entonces, a segundos de dejarse caer, cuando Alejandro *recordó*.

El diseño estaba errado. Alejandro no había considerado en su dispositivo la *adaptabilidad*. Tenía que ingresar en el código la posibilidad que surgieran variables infinitas a partir de las directrices ingresadas inicialmente. Tenía que incorporar a su máquina la cadencia infinita del tiempo y la vida.

Alejandro ya no sabía que era cierto o no, que era real y qué era una ilusión, no podía discernir si estaba loco o si su vida no era más que el juego de verano de un niño caprichoso. Solo sabía que tenía que hacerlo, que no podía enfrentar la muerte sin por lo menos haberlo intentado una vez más. Sus dedos fluían sobre el teclado como las manos de un pianista, su nuevo código era música, era la sinfonía más hermosa jamás escuchada, era la divinidad creando el tiempo y su propio destino.

Al cabo de unas horas el código estuvo listo y su belleza fulguraba en la pantalla.

Alejandro se puso el arnés y ajustó firme las correas. Ingresó los comandos y las agujas se insertaron en su sistema nervioso. Cuando tecleaba el comando final para accionar la máquina, una convulsión potente como un rayo lo dejó inconsciente en el suelo de su departamento. Al despertar junto a él estaba Olivia. Lo tenía sujetado entre sus brazos y con un paño húmedo le refrescaba la cara intentando que reaccionara.

—Ya llamé a la ambulancia, viene en camino.

—¡No! —Exclamó Alejandro con sus ojos delirantes y rápidamente intentó ponerse de pie, pero su cuerpo no respondió— ¡Qué mierda pasa! ¡No puedo moverme!

—No sé mi amor... por favor quédate tranquilo deben estar por llegar.

Alejandro dirigió una mirada suplicante a Olivia

que expresaba todo su sentir, toda la angustia de una vida concentrada en un gesto.

—Tienes que ayudarme… presiona ENTER en el teclado.

—No me pidas eso por favor.

—Esto es lo que quiero Olivia… nadie va a venir a salvarme, estoy literalmente en tus manos.

—No quiero verte así, no de nuevo.

—Acércate.

Olivia apoyó su cabeza en la frente de Alejandro y sus respiraciones fueron una por unos instantes.

—Hazlo Olivia… ¿"Siempre amigos"? —Susurró Alejandro.

Olivia lo besó una última vez. Fue un beso suave, un roce apenas perceptible, una despedida fraternal. Con delicadeza Olivia dejó el cuerpo de Alejandro en el suelo y se dirigió al teclado. Alejandro, con sus ojos entornados, susurró:

—Gracias…

Olivia apretó ENTER.

12

Una absoluta oscuridad rodeaba a Alejandro que se sentía sumergido en una espesa levitación. Protegido, en esta trascendental sensación uterina, no sentía miedo ni ansiedad, podría haber pasado milenios en ese lugar sin tiempo, libre de todo dolor. Cuando casi había olvidado que era un individuo, escuchó la música, una sutil frecuencia que mantenía todo unificado y, junto con la melodía, una tenue luz filamentosa emergía desde el centro de lo que parecía ser su pecho.

La luz se extendió hasta que ocupó todo el espacio acuoso que lo rodeaba. Con elegancia unas sombras se manifestaron en forma de espiral a su alrededor, haciéndose cada vez más definidas, hasta que Alejandro supo que lo que estaba presenciando eran expresiones de la vida en sus más diversas formas, criaturas nunca vistas, algunas monstruosas y otras sutilmente divinas. Era una hermosa danza de creación.

A medida que estas figuras se hicieron cada vez más claras y millones de ellas se presentaron frente a él, Alejandro comenzó a sentir una conexión con algunas de ellas. La sensación se hizo cada vez más intensa hasta que comprendió lo que significaba: "Son distintas versiones *mías*" pensó. Se reconoció en plantas y animales, bacterias y minerales, se vio en seres y cosas que compartían su frecuencia única, su código individual. Alejandro era *uno* con cada una de esas diversas creaciones.

Paulatinamente Alejandro comenzó a notar diferencias sutiles entre su código y el de otras criaturas y empezó a reconocer frecuencias familiares que lo rondaban. Sintió a sus padres y a Olivia, que al igual que él, se manifestaban en infinitas criaturas con características insólitas. Le causó gracia tomar en sus manos una piedra de un lejano planeta y ver que esa piedra era también su madre.

Y entonces un nuevo código se acercó a la distancia, una frecuencia nueva y absolutamente complementaria a la suya. Ambas calzaban como dos mitades de un todo y al unísono su música era celestial, como un coro de ángeles clamando por justicia.

Alejandro vio cómo esta vibración, al igual que la suya y la de sus padres, se expresaba en millones de formas y seres. Y como en cada realidad, este ser hallaba la forma de encontrarse con él: en una enredadera que envolvía la rama de un árbol, en un cometa que impactaba a un planeta, en una semilla que caía sobre la tierra, en un niño que besaba a una niña en el patio de un jardín infantil, en un anciano que recogía a un perro maltratado, en un tumor que crecía en el cerebro de un joven ingeniero… y en infinitos caminos más donde ambos siempre danzaban juntos.

La luz se apagó de golpe, los sentidos desaparecieron y la nada, con su infinita oscuridad, se hizo presente una vez más.

13

Olivia se acercó a tientas a los fusibles que habían saltado cuando activó la máquina y, temerosa, subió los interruptores. La luz volvió a iluminar el caótico departamento y la pantalla del computador se encendió. Olivia se acercó al cuerpo de Alejandro que yacía inmóvil en el suelo, acercó su mano a la boca para sentir la respiración, puso sus dedos en el cuello para sentir el pulso y apoyó su oreja en el pecho para escuchar el latido de su corazón. Nada. Alejandro se había ido.

En la pantalla del computador un mensaje intermitente titilaba: *Transmisión exitosa.*

14

Un dialecto que jamás había escuchado fue lo que primero sintió. Su piel se sentía distinta, fragancias nuevas entraban en su pecho, su cuerpo se sentía extraño, pesado, ajeno. Unas enormes figuras se acercaron hacia donde Alejandro estaba recostado, pero este no pudo mantenerse despierto y volvió a perder el conocimiento.

—*Vamos… despierta.*

Alejandro volvió a intentar incorporarse y con esfuerzo logró sentarse. Estaba sobre una acogedora esponja que reaccionaba a sus movimientos y que lo acunaba a la más mínima reacción de su cuerpo. Giró la cabeza hacia una ventana y le costó identificar lo que veía en el exterior. Sus ojos se sentían distintos, veía colores que no sabía que existían, todo era difuso e irreal. Cuando quiso ponerse de pie la esponja de inmediato colaboró con su esfuerzo y lo ayudó a levantarse. Su mente aún estaba confundida y su cuerpo se sentía pesado como el de un dinosaurio. Lentamente se acercó al ventanal y cansado apoyó su cabeza en algo parecido a un cristal. Alejandro refregó sus ojos intentado aclarar la vista y finalmente pudo ver frente a él un mundo nuevo. Enormes estructuras planas como hongos proliferaban hasta donde la vista se perdía en el horizonte, la vegetación era distinta, predominaba un intenso color rojo y el cielo era rosado, con una especie de aurora boreal de colores indescriptibles que oscilaban frente a un lejano sol azulado.

Alejandro sintió en su pecho como sus tres corazones se agitaban. Todo era tan distinto, pero a la vez tan familiar. Una voz femenina habló directamente en su mente.

—*Lo lograste… otra vez juntos.*

—¿Eres tú?

Una hermosa risa como un canto flotó dentro de la cabeza de Alejandro.

—*¿Quién más?…*

—¿Dónde estamos?

—*Ya habrá tiempo para eso.*

El miedo se fue disipando y una enorme energía comenzó a inundar su nuevo cuerpo. Alejandro respiró profundo y se sintió revitalizado cuando el aire entró veloz por unos orificios parecidos a branquias que estaban en los costados de su cabeza.

—Sí… ahora recuerdo… nuestro encuentro es inevitable.

—*Esta versión es hermosa.*

Una extraña criatura se reflejó en el cristal a medida

que se acercaba por la espalda hacia Alejandro, quien, con lentitud, giró su pesado cuerpo para verla. Observándolo con infinita ternura estaba frente a él un animal gigantesco parecido a un pez, un ser femenino sacado de la peor pesadilla, el resultado de un camino evolutivo totalmente distinto al de los humanos. Un ser repulsivo para las mentes que no ven la belleza en la diversidad de las expresiones que tiene la vida.

Sin embargo, ante los ojos de Alejandro, esta horrenda criatura era perfecta, era el complemento con el cual estaba destinado a danzar en infinitas e interminables versiones a través del tiempo.

—Alba… —dijo él en un idioma incomprensible.

—*Me gusta ese nombre* —respondió ella.

LA BESTIA AZUL

1

Íntimamente Román mascullaba una idea que a nadie revelaba, un pensamiento que siempre lo hacía sentir fuera de lugar, como si no perteneciera a ninguna parte, vagando por un territorio ajeno sin referencia alguna. Román secretamente escondía la intuición de que estaba incapacitado para sentir eso que todos llamaban *amor*. Ese sentimiento por el cual monumentales acciones humanas habían sido realizadas, para él estaba vedado y no era más que una simple palabra vacía.

Sus amistades siempre fueron utilitarias, sus relaciones de trabajo solo pragmáticas y cuando buscaba mujeres, solo era para satisfacer alguna necesidad concreta: aplacar su soledad, buscar halagos simplones, alguna asistencia económica, hedonismo desenfrenado o simplemente sexo.

Algunos años atrás, agobiado por problemas económicos, Román se casó con Mariela (hija de un millonario y corrupto comerciante) quien lo amaba con locura por alguna razón que Román no terminaba de comprender, y que, sin escatimar en gastos, lo ayudaba económicamente en todo lo que él necesitase. Irónicamente, lo que en un comienzo Román había pensado podía asegurarle un futuro económicamente promisorio, fue su condena. El padre de Mariela, estafado y acorralado por presiones de su corrupto entorno se suicidó y traspasó a la familia una carga de compromisos y deudas con poderosos narcotraficantes que terminaron siendo su impuesta responsabilidad.

Debido tal vez a la imperiosa necesidad de responder con diligencia ante las amenazas de estos personajes, o tal vez a causa de la fuerte lealtad que ambos se prometieron, la relación entre Mariela y Román entró en las poderosas redes de la rutina y se transformó en una sólida alianza de compañerismo y cariño. De esta pragmática unión, y cuando menos lo esperaban, nace Josefina, una hermosa niña de profundos ojos cafés, quien, por primera vez en su vida, hizo sentir a Román algo parecido al *amor*.

Josefina estaba exenta de todo mal, parecía como si flotara sobre las inmundicias del mundo banal que la rodeaba y que su atención solo se enfocaba en los aspectos sublimes de la existencia. La silenciosa compañía de la niña mientras fumaba un cigarrillo o la brisa de su dulce aliento cuando dormía sobre su pecho, le hacían sentir a Román que la vida tal vez tenía un sentido inefable que estaba más allá de su comprensión y que tal vez, *solo tal vez*, la existencia de Josefina justificaba su vida que parecía no tener propósito.

Román soñaba con algún día poder deshacerse de sus captores y, junto a su hija y su esposa, embarcarse en un yate para navegar sin un destino claro en búsqueda de un futuro libre de la muerte y destrucción que los rodeaban. Un sueño imposible, una quimera que estaba condenada al fracaso mientras su vida estuviera amarrada con gruesas cadenas a siniestros personajes.

2

En medio de la humedad y el olor a frituras "Román Huerta: Investigador privado" se dedicaba a matar el tiempo haciendo sudokus mientras esperaba por algún nuevo cliente u orden la mafia. Una tarde, por el espacio bajo la puerta, fue arrojado un sobre que en su interior contenía una extensa carta que proponía retribuir servicios prestados gratuitamente hace más de diez años por Román. En la misiva el agradecido sujeto se hacía llamar Dante y recordaba con gran estima a su interlocutor por haber ideado las pruebas falsas que lo salvaron de ir a la cárcel. Al final de la carta, luego de variadas menudencias que no vale la pena mencionar, se presentaba de forma clara y precisa la infame muestra de gratitud que Dante tenía en mente: "Cada persona que sea un problema para usted será eliminado" decía el mensaje. El obsequio era una ofrenda de libertad, la posibilidad de erradicar a todas las personas que impedían que Román pudiese reinventar su vida.

En un comienzo el detective pensó que era una broma o tal vez una trampa, sin embargo, al pie de la carta se indicaba el lugar y hora donde realizaría el primer asesinato. Además, estaba anotada una dirección de correo electrónico donde Román podía escribir el nombre de la o las siguientes víctimas si es que se mostraba interesado en el ofrecimiento. Más por aburrimiento que por verdadero interés, Román asistió al lugar indicado en la carta, para constatar qué era lo que se escondía detrás de tan extraño mensaje.

Román se estacionó bajo un árbol a unos diez metros de la dirección que indicaba la carta. La dirección correspondía a una lujosa casa cuya entrada estaba enmarcada por un arco carpanel y una ostentosa reja de hierro forjado. Román encendió un cigarrillo y reclinó el asiento riéndose en silencio de sí mismo por su cándido actuar. De su bolsillo sacó su manoseado librillo de sudokus y se dispuso a esperar. La noche estaba silenciosa, parecía un espacio carente de vida, como un desierto en la soledad del ocaso.

Precisamente a la hora indicada en la carta, tras virar en la esquina, un soberbio deportivo negro apareció rugiendo estruendosamente. Román espabiló con el ruido y al pasar el automóvil frente a él, alcanzó a divisar el rostro del conductor a quien de inmediato reconoció. Era Gerardo "Araña" Moruna, uno de los principales secuaces del jefe de la mafia, un siniestro personaje a quien Román conocía personalmente, ya que era precisamente él quien estaba encargado de comunicarse con Román para asignarle innumerables y forzosas misiones ilegales.

Cuando el deportivo negro se detuvo perpendicular a la casona, presto para entrar, la reja comenzó a abrirse con premonitoria lentitud. Mientras Gerardo "Araña" Moruna esperaba, ajeno al fatal destino que le esperaba, una oscuridad espesa se apoderó del lugar y el tiempo pareció ralentizarse al punto que casi se sintió detenido. Y fue entonces cuando Román lo vio por primera vez. Un hombre de proporciones antinaturales emergió desde la negrura. Vestía un overol azul marino y una gran melena crespa se unía con su tupida barba para ocultar su rostro. Ágil como un animal salvaje se acercó al asiento del piloto y, con un implacable golpe de puño, rompió la ventana del conductor. Sin detener su danza sangrienta, tomó a Moruna por la solapa y de un solo tirón lo saco por la ventana hacia afuera. El movimiento fue tan rápido y brutal que la cabeza del hombre se azotó contra el marco de la puerta quedando inmediatamente inconsciente. Sin pausa, sin respiro, en total silencio y en medio de una noche absolutamente espectral, el hombre le propinó tres certeros golpes de puño en el rostro a Moruna, que fueron transformando la definida forma de su cráneo en una masa sangrienta y amorfa.

La reja terminó de abrirse.

El tubo de escape humeaba.

La cabeza fue arrancada.

La noche era silenciosa.

Román, inundado por una escalofriante sensación eléctrica, intentó agacharse lo más que pudo dentro de su automóvil para no ser visto, pero el enorme sujeto se acercó a paso seguro hacia él hasta quedar frente a su automóvil. Una sonrisa macabra apareció en su peludo rostro mientras levantaba con su mano derecha la cabeza de Moruna para mostrársela con orgullo a Román.

Era silencioso. Era vital.

Era una bestia azul.

3

Las horas siguientes fueron confusas. Román caminó dentro de su despacho encendiendo un cigarrillo con otro intentando recordar ese extraño rostro, intentando ubicar en su memoria a este sujeto que supuestamente había ayudado y que, por más que lo intentaba, no podía hacer calzar con ninguno de sus antiguos clientes. Revisó sus archivos y cada polvoriento expediente, no había rastro en sus registros de este tal Dante.

Al día siguiente recibió la infame llamada donde le comunicaban que Moruna estaba muerto y que iban a necesitar su ayuda para encontrar al responsable. Nada había cambiado, era un esclavo de criminales que no iban a permitir que Román pudiese decidir su destino libremente. Estaba secuestrado, forzado a vivir una vida que ya no era suya.

Fue entonces cuando Román decidió enviarle una

lista a Dante. Pensó que, si había que ensuciarse las manos alguna vez en la vida, esta era la ocasión. Nunca más se iba a presentar una mejor posibilidad de solucionar todos sus problemas de una vez. No importaba quien era este extraño sujeto, solo importaba que estaba dispuesto a hacer lo que él jamás tendría la osadía de intentar.

Lo meditó con conciencia, y a pesar de que le hubiese gustado hacer una lista más larga, decidió escribir el nombre de solo cinco personas. Podría haber agregado un par más, pero estimó que con ese quinteto el panorama ya era lo suficientemente bueno y podría finalmente liberarse de las ataduras que lo mantenían prisionero. Revisó la sangrienta nómina por última vez y la envió a la dirección indicada.

Durante los primeros días no hubo respuesta. Pasó momentáneamente por la cabeza de Román que todo esto era una trampa, y que era solo cosa de días u horas para que vinieran por él y su familia para hacerlos desaparecer. Pero al recordar el rostro de ese hombre, su sonrisa, el sonido casi ausente de sus pisadas y la cabeza arrancada de Moruna, sabía que esas cinco personas tenían sus días contados. Y era cierto. Al cabo de un mes, la lista se había completado.

Román notó rápidamente las repercusiones de su petición. El golpe a la organización fue brutal, los sobrevivientes comenzaron a disputarse las cuotas de poder y su nombre pasó al olvido. Román estaba libre para comenzar una nueva vida y poder realizar ese viaje que tanto deseaba junto a su esposa e hija, y finalmente poder dejar atrás la oscuridad que los había tenido prisioneros durante tantos años.

Días después, una tarde después de la lluvia con nubes grises en el cielo y el sol anaranjado en el horizonte, a solo horas de zarpar, Román decidió ir a su oficina para retirar los fondos que tenía guardados en su caja fuerte. Mientras contaba el dinero, una silueta amorfa se recortó sobre el cristal de la puerta principal. Román quedó paralizado al reconocer a su visitante. Su respiración se congeló y sintió como los dedos de sus manos dejaban de tener fuerzas y, sin poder evitarlo, vio como los fajos de billetes caían uno a uno al suelo. La puerta se abrió lentamente y la bestia azul avanzó dos pasos para quedar, como una enorme montaña inamovible, justo bajo la luz de la lámpara. Román levantó la vista y vio esos ojos, esa sonrisa blanca en medio de un mar de pelos y con cautela estiró su mano en gesto afable. El saludo no fue correspondido.

—Dante supongo… —El silencio era el mismo que sintió la primera vez que lo vio, espeso, irreal—. Estoy muy agradecido y espero sinceramente que sientas que estamos a mano —dijo Román mientras miraba confundido la expresión inanimada en la cara de Dante, parecida al escalofriante rostro de un muñeco de cera.

—Tengo que retirarme —dijo Román mientras comenzaba a recoger los fajos y a guardarlos en un viejo maletín de cuero—. Mañana viajamos temprano —sentenció.

Un sonido que nunca podría haber sido identificado como una voz retumbó en el despacho de Román.

—*Tú* viajas —dijo Dante y su expresión volvió a congelarse. La voz era un eco infinito, grave como la existencia.

—Sí, con mi esposa y con mi hija —dijo Román mientras se ponía de pie. Pero en ese instante sintió un frío mortal que subió por sus piernas manchadas con barro y un peso enorme que lo obligó a caer de golpe sentado en su silla.

—*Yo* viajo —dijo Dante. Y comenzó el estruendo. La risa. Esa risa. *Su risa.* Ese estertor tan familiar. Dante reía y Román reía, un coro unísono, dos expresiones de una misma mente. La dualidad de un ser que esconde una cara bestial en los recónditos recovecos de una existencia enferma. La escena era escalofriante: un delirante hombre solo en una inmunda oficina, riendo descontrolado y vestido con un ajustado overol azul.

5

El viento se colaba insistente por cada espacio del viejo abrigo de Román y lo invitaba a sacar un nuevo cigarrillo que no demoró en llegar a sus labios. Sus dedos tiritaban al encenderlo, no por el frío, no por el viento, sino porque intuía lo que le esperaba, porque, aunque no lo recordaba, sabía que él ya había estado allí.

—Ese vestido... esos zapatos… —murmuró.

Román se arrodilló y tomó el hombro de la mujer para voltear lentamente su cuerpo hundido en el barro. Ahí estaba ese rostro que durante tantos años lo había mirado con admiración y deseo; pálido, con los ojos abiertos, aún expresando el asombro y la incredulidad de quien va a enfrentar la muerte en manos de un ser querido. Román se puso de pie rápidamente y pegó una profunda calada a su cigarrillo intentando alejar el abyecto sentimiento que inundó su interior, tratando de mitigar la inaceptable pero incontenible satisfacción que le producía ver a su esposa muerta.

Román caminó pausadamente sobre el barro unos cuantos metros alejándose del cadáver de su esposa. Una nueva calada al cigarrillo, más profunda que la anterior. Unos pesados pasos más allá y ahí estaba el final de su camino, la verdad que siempre había ocultado, esa idea loca en su cabeza que nunca le había confesado a nadie. Josefina, o lo que quedaba de ella, era la prueba definitiva de que todo era cierto. Eso llamado *amor*, ese misterio, esa promesa inconclusa, todo era mentira. Esa absurda idea en su cabeza era mucho más que una simple ilusión.

6

El aire frío entraba en sus pulmones que rítmicamente se expandían al vaivén de las olas a medida que la embarcación se alejaba en dirección al horizonte. Su corazón estaba agitado como el de un ave y se percibía un saludable rubor en sus mejillas. Sentimientos contradictorios volaban por su cabeza, pero una intensa sensación de paz poco a poco fue inundándolo todo. Era como si un velo hubiese sido retirado de sus ojos, una nueva oportunidad revelada gracias a la sangre vertida. Román a sus sesenta y cinco años volvía a nacer y, sin peso sobre sus hombros, volvía a ser libre.

LA FORTUNA

"Lo vergonzoso no es que uno vaya a su propio ritmo, sino que se vea arrastrado y que, inmerso de repente en la vorágine de los acontecimientos, pregunte con sorpresa: "¿Cómo he llegado yo aquí?""

Séneca: *Epístolas morales a Lucilio, libro IV.*

1

Peter Laurent no estaba nervioso, tenía en su interior la certeza de estar recorriendo un camino predestinado, como si su cuerpo fuese el vehículo de una voluntad superior que guiaba cada uno de sus pasos; sentía que era el protagonista de una exitosa aventura cuyo final no podía ser menos que el éxito.

A solas en la galería, Laurent caminó entre sus cuadros con pausada nostalgia. Había treinta años de su vida plasmados en pinceladas y texturas al óleo. Enmarcado dentro de cada una de las más de noventa obras, había un fragmento del camino recorrido por el artista; cada pintura era un escalón con el que Laurent había ascendido en búsqueda del prestigio y la gloria mundial.

La exhibición emplazada en el museo de arte contemporáneo de Nueva York que llevaba por título "The crack: Peter Laurent a retrospective" se abriría para invitados y crítica especializada al día siguiente en la noche;

148

una velada que Laurent sabía que sería su añorada consagración como uno de los grandes artistas vivos del siglo veintiuno.

El espacio estaba dividido en tres salones amplios; el primero, que tenía las obras más antiguas, era un salón negro. Contiguo a este, estaba el salón gris, con las obras de la primera década de los años dos mil. Y finalmente las obras más recientes estaban en un espacio asépticamente blanco. Unificando transversalmente los tres salones, se observaba una enorme grieta pintada en la pared que se hacía cada vez más pequeña a medida que se avanzaba hacia el salón blanco, donde finalmente era casi imperceptible. La grieta, que comenzaba en la oscuridad del salón negro, representaba la fractura interior del artista dividido entre el mundo trascendente y el real. A medida que se recorría la muestra, la grieta se hacía cada vez más pequeña, hasta su final disolución en el salón blanco; lo que de forma implícita representaba el añorado fin del sufrimiento y la iluminación.

Laurent había diseñado el concepto detrás de la puesta en escena porque era exactamente lo que el público esperaba de un artista: el cliché del hombre sufriente; el creador que desciende a la oscuridad de inconsciente y que desesperado sufre ante la ineficiencia de sus herramientas de expresión para traer al mundo consiente el mensaje rescatado; un ser cuyo propósito nunca se satisface, pero que al final, emerge desde el pantano de la existencia, luminoso y divino. Esa era la máscara que Laurent vendía a su público, pero la realidad no podía distar más de eso. Peter era un hombre que desde siempre se sintió llevado en andas por la vida; un artista cuyas elecciones, frente a los caminos que se abren, siempre habían sido un acierto.

Solitario, Laurent caminó con orgullo entre sus piezas; la luz estaba perfecta, la temperatura ideal y eran casi imperceptibles los sonidos de la agitada urbe desde el salón. Peter supo, como tantas otras veces, que la retrospectiva sería un monumento al talento y a la consistencia, pero, sobre todo, a su inexplicable fortuna.

Entre sus cuadros había tres piezas que habían sido especialmente significativas; eran las que habían impulsado su carrera como artista a niveles superiores de maestría y, por supuesto, de reconocimiento. Cada una de ellas estaba destacada en una pared solitaria dentro de la exhibición; una en el salón negro, otra en el salón gris y otra en el salón blanco. Laurent se sentó en una banca, especialmente dispuesta para ello, a observar la pieza del salón negro. Era un cuadro de dos metros por uno y representaba a un jaguar en una pequeña jaula de zoológico siendo observado por un padre y su hijo, de cuya mano colgaba una máscara plástica con el rostro de su padre. Tanto el padre como el niño le dan la espalda al observador y el infante tiene una actitud de querer seguir avanzando, pero el adulto está inmóvil y perplejo mirando al felino dormir.

Laurent recordó el día en que había visto esa escena. Tenía una muestra de cuadros que se venía encima y aún le faltaba una última pieza. Falto de ideas, Peter salió de su estudio para caminar y tratar de encontrar inspiración. Sin tener conciencia clara de sus actos Laurent compró un ticket para entrar al zoológico y angustiado, ante la fecha inamovible que tenía sobre sus hombros, se sentó en una banca frente a la jaula del jaguar. Y fue allí donde vio la escena que despertó su inspiración.

Laurent llegó frenético a su estudio y al cabo de tres días tenía listo el cuadro. Rápidamente se transformó en la pieza principal de la pequeña muestra que estaba preparando y se llevó todos los elogios del público, sus pares y la crítica. Fue su despegue como pintor, desde ese cuadro en adelante pudo dedicarse exclusivamente a pintar y renunciar a su trabajo de día como telefonista en un centro de llamadas.

Peter salió del salón negro y se sentó en una banca instalada frente al cuadro principal del salón gris. Desde que había pintado "Jaguar" pasaron quince años de exitosas muestras y exhibiciones en Chile, pero Peter quería salir de las fronteras y llegar a todo el continente; "Autorretrato" fue su vehículo de salida al mundo. Era un cuadro de pinceladas gruesas y toscas, pero que expresaban una fuerte potencia contenida. Peter planeó retratarse con una falsa incertidumbre en su mirada, para de esta forma poder exagerar su existencia tortuosa y sufriente de artista. Esta fingida postura había sido su sello desde el comienzo y, secretamente, Laurent creía que era en parte el secreto de su ascendente éxito.

Lo curioso fue que finalmente el verdadero protagonista de "Autorretrato" no fue él, si no que un gato negro con destellantes ojos azules que estaba en primer plano y que parecía como si se hubiese infiltrado en la sesión de trabajo de Laurent. El toque final que le daba el máximo esplendor a la obra era que el gato estaba a foco y que el autor estaba levemente desenfocado, lo que reforzaba la postura melancólica de Peter, pero más importante aún, incorporaba un nuevo elemento: el humor. La obra fue un éxito y abrió las puertas del mundo a Laurent, que llegó a exhibir su colección en el más importante museo de arte contemporáneo de México.

Laurent sonreía al ver en sus cuadros su inevitable destino. Su grandeza se había construido año tras año sin interrupciones y sin concesiones. Aún sonriendo y con su pensamiento divagando en las anécdotas del pasado, Peter se sentó frente a su más reciente obra, la pieza principal del salón blanco; "Mujer que espera". Era un cuadro imponente, medía cuatro metros de ancho por uno y medio de alto y representaba una mujer fumando un cigarrillo apoyada en la salida de una estación de metro. En el cuadro ella viste un ligero vestido amarillo que ondea con el viento y tiene una actitud de relajada indiferencia que contrasta con el gris entorno dominado por borrosos hombres grises que suben y bajan por grises escaleras; todo enmarcado bajo un nuboso cielo gris. El cuadro muestra un estilo consolidado y un manejo de la técnica del color que llamó la atención de la curadora del museo de arte contemporáneo de Nueva York quien, al revisar el resto de su obra, decidió organizar la retrospectiva. "Mujer que espera" fue el cuadro que le permitió entrar finalmente al exclusivo círculo del arte de élite.

Recordó esa bochornosa tarde de primavera, unos minutos antes de que lloviera, cuando vio a la mujer del vestido amarillo. Había algo en su actitud de ligereza que lo hizo sentirse identificado, ella expresaba con todo su cuerpo como él se sentía; distinto a los demás, un elegido entre muchos, un afortunado que no tenía que preocuparse por los caprichosos designios del destino ya que estaba protegido y, gracias a eso, podía saborear con soltura cada instante de su existencia.

Peter Laurent salió de la sala blanca y se dirigió hacia la salida del museo. Ya era tarde y estaba un poco cansado, se puso un grueso abrigo y pensó en salir a dar una caminata por las nevadas calles de la insomne metrópolis, pero finalmente decidió ir por un trago al bar del hotel y acostarse a dormir; mañana sería un gran día.

2

Cristóbal llegó tarde de su trabajo porque se quedó revisando unos informes que le habían endosado a última hora y que probablemente nadie leería. Cansado entró al pequeño departamento que estaba silencioso y a oscuras. Con cuidado se asomó a la habitación de su hijo quien dormía abrazado a un peluche de Pikachu; luego se asomó a su pieza y vio a su esposa que, iluminada por la luz anaranjada de la lámpara, dormía con un libro de autoayuda sobre su pecho. Cristóbal, intentando hacer el menor ruido posible, estiró su brazo y apagó la luz de la pieza que quedó completamente a oscuras. Camino a la cocina, al pasar por el cuarto de estar, Cristóbal vio sobre el sofá una almohada junto a unas frazadas; el mensaje era claro.

Mientras se calentaba en el microondas un plato de arroz pegoteado con una insípida tortilla de zanahorias, Cristóbal pensó en todas las decisiones importantes que había tomado hasta ese momento, y concluyó que, al igual que la vida de cualquier otro ser humano, en determinados puntos de inflexión, había elegido caminos que habían marcado su destino, pero que, a diferencia de la mayoría, que a veces acierta y a veces no, él sentía que se había equivocado en todo. Pensó: "Si cada decisión que he tomado en mi vida ha sido incorrecta ¿Cómo podría saber si dejar a mi esposa será lo correcto?" Se sintió paralizado, amenazado, como un conejo encandilado frente a un enorme foco. Tal vez debía seguir intentándolo, acallar su instinto, por su hijo, por la familia…

Cristóbal sacó el plato caliente del microondas y se sentó en el pequeño comedor diario a mascullar sus ideas. Cuando terminó de comer, lavó su plato y luego abrió una lata de cerveza que tenía helando en el refrigerador. Le dio muchas vueltas a la situación, pero finalmente se convenció de que terminar con su matrimonio era el único camino, porque ninguna de las opciones que barajaba tenía sentido si en el fondo ya no amaba a su mujer. Cansado y triste por la conversación que tendría al día siguiente, Cristóbal se acostó en el sofá y se acurrucó entre las frazadas.

A la mañana siguiente, durante el desayuno, Cristóbal esperó a que su hijo terminara su leche y lo llevó a la pieza para que viera la televisión, puso el volumen alto y con delicadeza cerró la puerta. Al volver al comedor su esposa estaba recogiendo los platos para llevarlos a la cocina. Cristóbal le dijo que por favor se sentara, que tenía algo que decirle. Ella intuyó rápidamente de qué se trataba y comenzó a sollozar suavemente mientras dejaba la ruma de platos sucios nuevamente sobre la mesa. La conversación fue corta y precisa, ambos estaban de acuerdo; estaban prolongando lo inevitable. Ella le pidió que se fuera lo antes posible a lo que Cristóbal no puso objeciones.

Al pasar algunos días luego de haberse ido del departamento de su exesposa, Cristóbal notó de inmediato el cambio; por primera vez en su vida sentía que estaba en control de sus acciones, que era dueño y señor de su destino, y que su racha de mala fortuna se había esfumado para nunca más volver. Estaba convencido que las decisiones que tomaría de ese día en adelante serían para su bien, porque finalmente, después de muchos años de malas elecciones, se había enrielado en el camino correcto.

El fin de semana siguiente Cristóbal pasó a buscar a su hijo para sacarlo a pasear al zoológico. Cuando caminaban por el pasillo de los felinos se sintió especialmente atraído por la jaula del jaguar. Era un espacio reducido de cemento y madera que no podía producir más que lástima por el animal. Cristóbal se quedó unos segundos mirando al felino dormir mientras pensaba que el pobre animal era una representación exacta de lo que había sido su pasado. De súbito un paralizante peso se posó sobre su espalda y una sensación metálica comenzó a recorrer su cuerpo, como si *algo* estuviese abandonándolo. Su hijo quería seguir avanzando y jalaba de la mano de Cristóbal, pero este estaba atrapado por una fuerza desconocida que atravesaba su espalda. Luego de unos segundos, rápida como había llegado, la sensación se esfumó y Cristóbal junto a su hijo siguieron recorriendo el zoológico.

Esa noche, después de dejar al niño en la casa de su exesposa, Cristóbal no se sintió bien, estaba seguro de haber perdido algo durante el paseo, tuvo la sensación de que una parte de sí mismo le faltaba, pero no supo definir exactamente qué.

Al pasar los días comenzaron las desgracias a caer, una tras otra, como una inclemente cascada. Sin aviso, lo echaron de su trabajo y tuvo que pedirle asilo a un amigo que le facilitó una pequeña y húmeda pieza. Su exesposa comenzó una nueva relación con un hombre que la llevó a ella y a su hijo a vivir con él en una acomodada casa del barrio alto. Cristóbal se sintió inseguro e imaginó que tal vez aún la amaba y que la separación había sido un nuevo error en su vida llena de malas decisiones. Comenzó a merodear la casa de la pareja de su exesposa y a desquitarse con prostitutas que no hicieron más que consumir su dinero y contagiarlo de sífilis. Su hijo ya no quería pasar tiempo con él y cuando se veían, le faltaba el respeto y lo despreciaba. Al ver su creciente decadencia Cristóbal intentó reinventarse; vendió su auto y junto con algo de dinero que le quedaba ahorrado, invirtió en el negocio de un amigo quien arrancó con todo el capital sin dejar rastro alguno. Derrotado y con el poco dinero y entusiasmo vital que le quedaba, Cristóbal se dedicó a beber para intentar evadir su existencia. Su amigo no quiso alojarlo más en su casa y le pidió que se fuera. Solo y sin nadie a quien recurrir, rápidamente su aspecto se hizo decadente y andrajoso, se le veía sucio, murmurando palabras por las calles, distraído, vagando sin rumbo.

Un par de años más tarde, una fría mañana de

invierno, Cristóbal murió por hipotermia a un costado del río Mapocho. Su fortuna nunca regresó.

3

La niña había pedido un gato para su cumpleaños número seis y su madre, que no perdía oportunidad de consentirla, se lo regaló a pesar de la oposición que manifestó su esposo. Era un minino completamente negro, de no más de dos meses de nacido, que tenía unos fulgurantes ojos azules que contrastaban con su pelaje azabache; fue bautizado como Zafiro.

El padre no estaba muy convencido de regalarle el gatito a su hija. A sus cortos seis años la niña había demostrado comportamientos violentos con animales de familiares y amigos, por lo tanto, el padre creía que por ahora era apropiado mantenerla alejada de inocentes criaturas. Pero la madre de la nena vivía en obstinada negación y no reconocía que su hija claramente demostraba un comportamiento carente de empatía con otros seres vivos.

Efectivamente el padre tenía razón y Zafiro comenzó a ser víctima de las más insólitas torturas por parte de la niña. Intentó ahogarlo en un balde, enterrarlo vivo, quemarlo con fósforos y amarrarlo a las patas de una silla, entre otros perversos experimentos. A pesar de los maltratos Zafiro logró sobrevivir a la niña, que finalmente encontró otros intereses y lo dejó al olvido. Zafiro pasó de ser una víctima de abusos a ser una mascota prácticamente abandonada; a nadie le interesaba su presencia en ese hogar. Sin embargo, cuando cumplió tres años su suerte comenzó a cambiar; la familia se cambió del departamento en que vivían (que era lo único que el gato conocía hasta ese momento) a una casa; la posibilidad de escapar y ser libre se hizo realidad.

Zafiro había crecido y desarrollado dentro de un espacio limitado por lo que el mundo exterior le parecía extraño e intimidante. A pesar del miedo que le producía un paisaje sin límites, decidió abandonar a su indiferente familia y realizó su primer intento de fuga. Salió entre los barrotes de la reja que daba al exterior y confiado avanzó calle abajo. Al pasar junto a un enorme terreno baldío escuchó el sonido de huesos quebrándose entre poderosas quijadas. Su cuerpo se paralizó y su pelaje de forma involuntaria se erizó. Zafiro recordó la jauría que había visto pasar desde la ventana de la casa y, temiendo por su vida, prefirió devolverse. Un par de meses después intentó su segundo escape, estaba nervioso y solo logró llegar hasta el patio del vecino que lo encontró asustado en la copa de un alto pino. Este intento le costó sus testículos que fueron extirpados sin demora por un eficiente veterinario. Luego de esta traumática experiencia Zafiro estuvo amedrentado durante varios días sin atreverse a volver a salir. Pero la frustración que le generaba su vida anodina hizo que, con el paso de los días, creciera en su interior una fuerza vital que desconocía y decidió intentarlo por tercera vez. Asomó su trompita nerviosa por una ventana que estaba en el segundo piso de la casa y deslizó su cuerpo sin hacer ruido sobre la techumbre hasta que estuvo en el borde, justo sobre la canaleta. De un salto se lanzó a la pandereta que colindaba con un terreno baldío y se equilibró por la arista del muro hasta que llegó a la entrada de la casa. La jauría deambulaba por el sector de manera errante y Zafiro no tenía como saber dónde podía encontrársela de frente. Decidió bordear la plaza y al doblar en la esquina se encontró frente a él al escandaloso grupo de perros. La reacción de Zafiro fue ágil y precisa, con dos impresionantes fintas esquivó a los canes y subió a un añoso pino que le sirvió de refugio durante varias horas, hasta que los perros, hastiados de ladrar, se marcharon. Al llegar la noche y el silencio de la ciudad que duerme, el felino bajó del pino y respiró el aire fresco de la libertad. Zafiro sintió que esta vez la suerte estaba de su lado.

Al comienzo deambuló hambriento y confundido por las calles, escarbaba en la basura en busca de sobras y se refugiaba entre oscuros recovecos para pasar la noche. Pero Zafiro era un gato inteligente y rápidamente aprendió a reconocer el sonido y movimiento de los autos, a identificar el aroma de los perros y a escabullirse de los humanos. Fue un verano de importantes aprendizajes para el felino, que poco a poco se sintió cada vez más seguro en la gran ciudad. Sin embargo, cuando llegó el invierno, la realidad a la que estaba acostumbrado cambió. Ya no era tan fácil conseguir alimento y la nieve que cubría todo era una implacable amenaza que podía acabar con su vida en cualquier momento. En su desesperación, Zafiro tuvo que acercarse a los humanos y encontró refugio en una tibia bodega a un costado de un restaurante. El dueño del local notó su presencia y compadecido por la precaria situación del animal, que exhibía marcadas costillas a los costados de su enjuto cuerpo, comenzó a dejarle platos con comida y leche cerca de donde dormía. Zafiro comenzó lentamente a recuperarse y con satisfacción aprendió que no todos los humanos eran malas personas, y que su fortuna lo había llevado a encontrar una persona que se preocupaba por él.

Fueron dos años de mimos, buena comida y reposadas siestas. El dueño del restaurante, que vivía en un departamento arriba de su local, se había transformado en su nuevo amo. Zafiro ahora era un gato satisfecho que se paseaba gordo y acicalado por los tejados de los edificios y casas de la manzana, él era amo y señor de la cuadra.

En una de sus aventuras por las techumbres, Zafiro se acercó a la ventana de un departamento y se paró en el marco para mirar hacia el interior. Dentro vio a un pintor que concentrado se miraba en un espejo intentando retratarse a sí mismo en una tela. Zafiro estuvo de pie observándolo durante varios minutos sin que el hombre se diera cuenta de su presencia y al verlo tan concentrado pensó que sería divertido entrar y molestarlo un poco. El felino caminó tranquilamente sobre los tubos de pintura, pinceles y telas multicolores para luego de un salto llegar justo a un escritorio que estaba entre el pintor y el espejo. El artista se sobresaltó en un comienzo y luego una amplia sonrisa apareció en su extraño rostro. Zafiro se quedó frente al espejo observándose por unos minutos. Se vio a sí mismo en el reflejo con detallada concentración; miró su lustroso pelaje, su fornido cuerpo, sus orejas puntiagudas que se elevaban hacia el cielo, y sus intensos ojos azules, profundos como los hielos eternos de un glaciar. Repentinamente, mientras se contemplaba en el espejo, se sintió invadido por un frío, que recorrió su espalda, acompañado de una sensación de intenso miedo. Sintió que *algo* inexplicable salía de su cuerpo y asustado, de un salto, Zafiro salió por la ventana.

Al día siguiente, mientras el gato caminaba por la cornisa de una techumbre, unos niños le dispararon con una pistola de aire comprimido, el felino asustado por el impacto del balín resbaló y cayó más de ocho pisos hacia el cemento donde su cuello se quebró muriendo instantáneamente. La fortuna de Zafiro se había marchado.

4

La oficina del banco donde trabajaba Romina no tenía ventanas y solo estaba iluminada por un par de tubos fluorescentes que emitían una luz blanca levemente verdosa. Mantenía su escritorio pulcro, con los elementos de oficina precisos para realizar su trabajo de ejecutiva, no quería poner ni una planta, ni un cuadro, ni una foto de su hija, para no transformar ese espacio en un lugar acogedor. Romina pensaba que, si mantenía su oficina hostil, eso le recordaría todos los días, que tenía que encontrar una forma de salir de ese lugar.

Ya de noche, cuando llegaba a su casa, se ponía a hacer algo de aseo y preparaba comida para ella y su hija adolescente, quien mataba las horas encerrada en su pieza conectada a su computador todas las tardes después del colegio; síntoma de la poca comunicación entre ambas que tenían intereses totalmente distintos. Una vez que terminaba todos sus deberes, y a pesar de que su cuerpo clamaba por descanso, Romina se sumergía con fervoroso entusiasmo en la elaboración de jabones y cremas artesanales. Cuando se entregaba a la alquimia, entre aceites y perfumes, olvidaba todos sus problemas y se sentía revitalizada, llena de propósito, porque al fabricar los cosméticos sabía que estos traerían placer y alegría a quienes los usaran.

Romina había cerrado el balcón de su departamento y construido un improvisado taller donde diseñaba los productos con los que había logrado cautivar a varios clientes que, satisfechos, siempre la referían a alguien más. Lo que había comenzado como un inocente hobby para distraerse, con el tiempo se había convertido en una importante fuente de ingresos para la familia. Era tanto el entusiasmo por sus productos que los pedidos se estaban empezando a acumular y Romina había llegado a ese punto en que tenía que atreverse a dar el salto y renunciar a ese trabajo que detestaba para lanzarse al vacío y hacer lo que ella sentía que era su vocación.

Romina entró al banco y se sentó en su silla, que ya había tomado la forma de su cuerpo con el paso de los años, y miró los objetos de su escritorio que descansaban fríamente sobre el cristal en el mismo sitio donde los había dejado el día anterior. Sintió pena de sí misma y se preguntó cómo había soportado tantos años esclavizada a un trabajo que la consumía lentamente. Al ver su reflejo en la pantalla negra del computador, recordó todas las horas que había pasado en ese lugar y vio como el tiempo había hecho mella en su rostro; era ahora o nunca el momento de partir. Apenas vio que su jefe estaba instalado en su oficina, Romina se puso de pie y entró para presentar su renuncia convencida que estaba cerrando una etapa de su vida y comenzando otra mejor.

La fortuna se manifestó como un manantial que emerge en el desierto haciendo florecer todo a su alrededor. Los pedidos comenzaron a aumentar y rápidamente los ingresos superaron los que Romina generaba en el banco. Gracias a este aumento de recursos, Romina pudo cambiarse a una amplia casa donde habilitó una pieza exclusiva para su taller. Además, le propuso a su hija que la ayudara con la producción, ya que no estaba dando abasto, lo que su hija a regañadientes aceptó. Sin embargo, a poco andar la adolescente comenzó a entusiasmarse con la pequeña empresa y a compartir más tiempo con su madre, lo que también ayudó mejorar la comunicación y la relación entre ambas.

Al cabo de un par de años exitosos, la ambición creció y surgieron nuevas metas y desafíos que impulsaron a Romina a pensar en profesionalizar su emprendimiento. Si quería crecer, tenía que arrendar una oficina, contratar personal y comprar maquinaria, para lo cual necesitaba conseguir una importante suma de dinero. Imbuida de la embriaguez que da la excesiva fortuna, Romina se atrevió a ir donde su antiguo jefe para solicitar un crédito.

El solo hecho de entrar al banco y ver esas verdosas oficinas, le dio escalofríos. Era una mezcla entre hospital y estacionamiento subterráneo que anulaba el espíritu vital de cualquiera. Ver a sus mismos compañeros de trabajo, un poco más pálidos y encorvados, que la saludaban con apagados gestos, le hizo sentir una contradictoria sensación de orgullo y tristeza. Romina entró a la oficina de su jefe y entregó todos los documentos que, después de doce años trabajando como ejecutiva, ella sabía que estaban en orden. Su exjefe la miró con una soterrada envidia e intentó buscar alguna excusa para negarle el dinero, pero Romina conocía la burocracia a la perfección y su exjefe no tuvo más remedio que concederle el préstamo.

Romina salió del banco con una intensa sensación de levedad, sentía que se deslizaba por las calles, como si estuviese caminando por una banda de aeropuerto. Todos a su alrededor se veían grises, ensimismados en sus problemas, borrosos; pero Romina se sentía acogida por un destino mayor, encausada por la senda de la fortuna y el éxito. En la entrada del metro se apoyó en el borde la baranda y encendió un cigarrillo con soltura. La tarde estaba bochornosa con nubes grises ocultando los rayos del sol y un viento tibio que prometía lluvia ondeaba su vestido amarillo que ligeramente cubría sus piernas. Romina giró su cabeza y miró las escaleras que descendían hacia el subsuelo, era la hora punta y cientos de personas monocromáticas subían y bajaban. Ella se sentía ajena al trajín de sus fastidiosas rutinas, ella estaba elevada sobre todas las cosas, porque había confiado en sí misma y seguido su sueño. Sin embargo, mientras exhalaba el humo de la primera calada, algo cambió. Una incómoda sensación invadió su cuerpo, era una vibración fría que le erizó cada uno de los vellos de su cuerpo. Su corazón se agitó y las manos le sudaron. Casi al borde de un desmayo, Romina dejó caer el cigarrillo entre sus dedos y mareada lo apagó con la punta de su zapato. Al levantar la vista y mirar su entorno, con temor notó que la sensación de levedad que hace instantes la embriagaba se había marchado. Se sintió pesada y gris como uno más de los que hace unos minutos sentía tan diferentes a ella. Y a medida que baja los escalones hacia el subsuelo, se dio cuenta que *algo* la había abandonado, como si la certeza de un futuro luminoso se hubiese repentinamente esfumado para siempre.

Los acontecimientos posteriores fueron los esperados. Su fortuna se había ido y los oscuros sucesos se concatenaron uno tras otro sin respiro. El mismo día que Romina perdió su fortuna, llegó a casa y vio que su hija se sentía muy mal. Le tomó la temperatura y una alta fiebre la tenía al borde de las alucinaciones. Luego de algunos días y varios exámenes los médicos llegaron a la conclusión que tenía un linfoma. Romina se dedicó exclusivamente a su hija y ocupó el crédito bancario para poder palear los costos de la enfermedad. Abandonó su negocio y rápidamente perdió todos sus clientes e ingresos. Agobiada por la enfermedad de su hija y los problemas económicos, Romina no tuvo más opción que volver a su antiguo trabajo, donde fue recibida, pero con un sueldo menor al que tenía antes de irse. Al cabo de seis meses, luego de una ardua lucha contra su enfermedad, la hija de Romina falleció una sombría tarde de otoño.

5

El champán y los pequeños bocadillos circulaban entre los visitantes de la exhibición. Era un ambiente distendido, lleno de risas y halagos, el paraíso para un hombre inseguro. Pero Laurent no era un hombre inseguro, él estaba protegido, elevado sobre la masa abandonada por la fortuna.

Como era de esperarse, la velada fue excepcional. Peter vendió siete cuadros por un total de más de dos millones de dólares, entre los cuales se encontraban sus tres obras maestras. Pero más importante que el dinero; había logrado una abrumadora aprobación de la gente, en especial, de los críticos. Nadie quiso restarse del frenesí de excitación que inundó el ambiente; la propuesta de Laurent era nueva, fresca, irreverente y bella. Peter se paseaba entre su público apenas conteniendo su desbordada satisfacción, y simulaba, como todo gran artista consagrado, una pausada y reflexiva humildad, mientras recibía los innumerables halagos.

A medida que la comida y el alcohol fueron amainando, la gente fue retirándose. Laurent se quedó conversando con uno de sus nuevos admiradores; un emergente magnate de la internet que buscaba decorar su nuevo departamento con vistas al Central Park con sus cuadros. Mientras simulaba interés en las palabras de joven millonario, repentinamente, Peter percibió en su cuerpo una sensación que nunca había experimentado antes en su vida. Era un frío profundo que no provenía de una fuente reconocible, sino que emanaba desde lo más profundo de su interior. Era una sensación desgarradora, un sentimiento que crecía como un tsunami, incontenible y avasallador. Era una sensación de pérdida, como si una parte de su alma se estuviese rebelando y dolorosamente marchando hacia un lugar desconocido. Peter se excusó con su interlocutor y rápidamente se dirigió al baño. Frente al espejo se mojó la cara y la parte de atrás del cuello tratando espabilar; aún confundido e incómodo, se encerró en una de las casetas del baño, se sentó en la taza y con sus manos en la frente sujetó su cabeza. Laurent cerró los ojos y comenzó a respirar profundo, pensó que quizás era una crisis de pánico y que solo debía calmarse y volver a su centro. Efectivamente, al cabo de unos segundos, la sensación de intenso frío se esfumó y Peter salió de la caseta sintiéndose en mejor estado. Sin embargo, al mirar su rostro en reflejo del espejo, vio por primera vez esa mirada que tantas veces había fingido, pero que nunca había visto brillar honestamente en sus ojos, era la triste expresión de un hombre común y corriente, a la merced de los caprichos de la fortuna.

Una vez que ya todos se habían retirado, la curadora del museo se acercó a Peter para despedirse y le estrechó la mano con orgullo; habían logrado una inauguración histórica, nunca se habían vendido tantas obras en tan pocas horas y con sincera satisfacción le auguró a Peter unos intensos años venideros, llenos de libertad creativa y reconocimiento. Peter se quedó solo en la sala y al igual que la noche anterior, recorrió su historia con nostalgia. Tenía una profunda pena que no podía explicar y de la cual no podía deshacerse, por más que intentaba levantarse el ánimo celebrando su nuevo éxito, no lo lograba; algo estaba desencajado, fuera de lugar. Laurent notó que ya no tenía en su interior la intensa certeza que lo había acompañado durante tantos años y, por primera vez, conoció el miedo, se sintió como cualquier mortal, abandonado en este mundo lleno de amenazas y oportunidades inciertas.

Peter miró sus obras por última vez e intuyó que el peligro acechaba. Sintió el impulso casi desesperado de sacar sus cuadros de ahí, quiso protegerlos, rescatarlos, pero resignado, sabiendo que no había posibilidad de luchar contra la fortuna, abandonó el museo en dirección hacia el hotel.

Durante la noche, un corte eléctrico produjo una reacción en cadena que desencadenó un infernal incendio. Inexplicablemente el sistema contra fuego no se activó a pesar de que las pesquisas posteriores indicaron que funcionaba perfectamente. Ninguna obra de Laurent sobrevivió, más de treinta años de trabajo transformados en ceniza, transmutados en polvorientos minerales carentes de todo color.

Laurent, se suicidó en la habitación de su hotel una semana después de su malograda exhibición, no lo hizo por todo lo que había perdido en el incendio, sino porque finalmente confirmó lo que había intuido esa noche, comprendió que su futuro estaba condenado y que, independiente de las acciones que emprendiera, la fuerza invisible que durante años lo había acompañado había decidido buscar un nuevo huésped. Su fortuna lo había abandonado.

6

El padre de Laura, que trabajaba como guardia de seguridad en el museo de arte contemporáneo de Nueva York, había pedido permiso para poder llevar a su hija al trabajo por las tardes, su esposa estaba hospitalizada y los doctores aún no habían podido identificar qué era lo que la aquejaba, solo le habían comentado que los síntomas eran graves y que si la fiebre no bajaba pronto tendrían que someterla a un coma inducido del cual probablemente nunca volvería a salir. Laura adoraba a sus padres y tenía la férrea convicción de que su madre se recuperaría, pero el simple hecho de ver día tras día en el amable rostro de su papá un permanente semblante de dolor, la tenía sumergida en un estado de angustiosa melancolía.

Luego de una semana, Laura ya conocía todas las salas y piezas del museo, y ya no tenía mucho interés en seguir recorriéndolo. Su rutina ahora era; llegar del colegio al museo, instalarse junto a su padre en una banca que estaba a un costado de su puesto, pedirle prestado su móvil y jugar con él. Una tarde una llamada del hospital entró y Laura, esperando buenas noticias, rápidamente le entregó el teléfono a su padre, quien tomó el aparato y se alejó unos cuantos metros de su hija para poder hablar tranquilamente. La cara de su padre, que antes era sombría, se transformó en pavor y luego en intensa tristeza. Laura solo veía a lo lejos a su padre asentir e intentar esconder las lágrimas que rodaban zigzagueantes por sus ásperas mejillas.

Laura supo de inmediato que su madre sería inducida a un estado de coma y que las probabilidades de recuperación eran escasas. La niña sintió que algo se rompía en su interior; se sintió sola, maldita, olvidada, enojada con la vida y no quiso estar cerca de su padre para escuchar las tristes palabras que él no sabría cómo pronunciar, pero que inevitablemente tendría que decirle. Laura corrió por los pasillos lo más rápido que pudo y se perdió en la enormidad del laberíntico edificio. Las salas pasaban una tras otra y la gente era una masa amorfa que se deformaba a su alrededor. Ya agotada y sin aliento se detuvo y, al levantar su vista, se vio rodeada de mucha gente dentro de una misteriosa sala negra. Al mirar su entorno vio que estaba justo en frente de un enorme cuadro donde un hombre, con un niño de la mano, miraban a un jaguar encerrado. Algo le produjo esa pintura que la tranquilizó y, luego de recuperar el aliento, Laura comenzó a caminar entre adultos, que no notaban su presencia, mirando cada una las pinturas. Entró a un enorme salón gris y vio que en el centro había un cuadro de un gato con intensos ojos azules. Laura se perdió unos instantes en los ojos del felino que parecía saltar juguetonamente de la pintura hacia afuera y luego siguió caminando. Era extraño, a medida que avanzaba por la exhibición, a cada paso se sentía mejor, como si el dolor que sentía se estuviese quemando y disolviendo como cenizas al viento. Finalmente, Laura llegó al salón blanco, donde su vista se fijó en el cuadro de una hermosa mujer con un lindo vestido amarillo. Estuvo mirándolo detenidamente y al cabo de unos minutos Laura se sintió aún más fortalecida, incluso ahora estaba convencida que las cosas estarían mejor.

Un poco abrumada por estas fuertes emociones, Laura se alejó de la exhibición unos metros y se sentó en una banca a observar. A medida que los invitados se iban marchando, Laura notó que muchos de ellos se despedían de un hombre mayor y concluyó que ese hombre era el artista que había creado esos hermosos cuadros que la habían hecho sentir tan bien. Cuando ya casi todos se habían marchado, y el pintor hablaba con un excéntrico joven, Laura quiso acercarse a él para saludarlo, pero extrañamente no pudo moverse ni despegar su mirada del artista; se sentía atraída por él tan intensamente como por sus cuadros y, luego de unos segundos en que el tiempo pareció desaparecer, notó que el artista se veía pálido y que, excusándose, se alejó en dirección al baño. Laura pensó que otro día podría saludarlo y, alegremente, se encaminó hacia el puesto de su padre.

Cuando estaba a solo dos salones de llegar al punto fijo de su papá, él la vio a la distancia y se acercó con pesado andar hacia ella. En silencio le tomó la mano y la acercó a la banca que estaba a un costado y le dijo que se sentara. El hombre se arrodilló frente a la niña y con temblorosa voz empezó a balbucear incoherentes palabras. Laura sonreía feliz, se sentía inmune al dolor, inmune al miedo, inmune a la desgracia. El padre de Laura, superado por los sentimientos abyectos que lo invadían, sostuvo el silencio para ordenar sus ideas y poder comunicar la noticia. Repentinamente su teléfono sonó; era el hospital. El hombre besó a su hija en la frente, se alejó unos metros y contestó. Al escuchar las palabras del médico sus ojos se abrieron con sorpresa y se llenaron de lágrimas que descendieron presurosas por su áspera mejilla, pero esta vez, a diferencia de la vez anterior, eran lágrimas de felicidad. Desde la banca y moviendo sus piernas en vaivén, Laura vio con alegría como la expresión de su padre volvía a ser amable, como antes.

El padre de Laura cortó el teléfono y se arrodilló nuevamente frente a su hija que lo miraba con una amplia sonrisa y le dijo con voz temblorosa, apenas perceptible: "ha sucedido un milagro".